纸上游天下·中国当代游记精选
主编:高长梅 张 估

XING ZOU DE FENG JING

行走的风景

陈丽桔 著

九州出版社
JIUZHOUPRESS | 全国百佳图书出版单位

图书在版编目（CIP）数据

行走的风景/ 陈丽桔著. -- 北京：九州出版社，2013.9
（2021.7 重印）

（纸上游天下：中国当代游记精选 / 高长梅，张佶主编）

ISBN 978-7-5108-2353-4

Ⅰ.①行… Ⅱ.①陈… Ⅲ.①游记－作品集－中国－
当代 Ⅳ.①I267.4

中国版本图书馆CIP数据核字（2013）第227705号

行走的风景

作　　者	陈丽桔　著	
出版发行	九州出版社	
地　　址	北京市西城区阜外大街甲35 号（100037）	
发行电话	（010）68992190/3/5/6	
网　　址	www.jiuzhoupress.com	
电子信箱	jiuzhou@jiuzhoupress.com	
印　　刷	北京一鑫印务有限责任公司	
开　　本	710 毫米×1000 毫米　16 开	
印　　张	8	
字　　数	105 千字	
版　　次	2014 年 1 月第 1 版	
印　　次	2021 年 7 月第 6 次印刷	
书　　号	ISBN 978-7-5108-2353-4	
定　　价	36.00 元	

前言

　　仁者乐山,智者乐水。所以古今中外,无论贤人圣哲,还是白丁草民,他们在观山赏水的时候,无不从山水之中或感悟人世人生,或慨叹世事世情,或评点宇宙洪荒,于寄情山水中,抒发自己的惬意或伤感。有的徜徉于山水美景,陶醉痴迷,完全融入大自然忘记了自己;有的驻足于山川佳胜,由物及人,感叹人世间的美好或艰难。

　　一篇好的游记,不仅仅是作者对他所观的大自然的描述,那一座山,那一条河,那一棵树,那一轮月,那一潭水,那静如处子的昆虫或疾飞的小鸟,那闪电,那雷鸣,那狂风,那细雨等,无不打上作者情感或人生的烙印。或以物喜,或以物悲,见物思人,由景及人,他们都向我们传递了他们自己的思想情感。

　　一篇好的游记,它就是一帧精巧别致的山水小品,就是一幅流光溢彩的山水国画,就是一部气势恢宏的山水电影。作者笔下关于山水的一道道光，一块块色，一种种造型，一种种声音，无论美轮美奂，还是质朴稚拙，无论清新美妙，还是苍凉雄健，都让我们与作品产生强烈的共鸣，让我们在阅读中与自然亲密接触，于倾听自然中激起我们的思想波涛，与作者笔下的自然也融为一体。

这是一套重点为中小学生编选的游记，似乎也是我国第一套为中小学生编选的较大规模的游记丛书。我们希望这套游记能弥补中小学生较少有时间和机会亲近大自然的缺憾，通过阅读这套游记，满足自己畅游中国和世界人文或自然美景的愿望。

目录

CONTENTS

庭院深深情深深 第一辑

第二辑 摇啊摇，摇到铁索桥

目录 CONTENTS

目录

CONTENTS

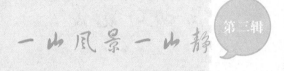

一山风景一山静　第三辑

第四辑 *流动的花海*

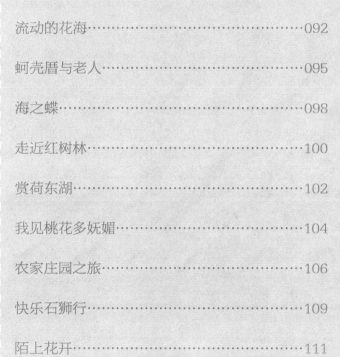

目录 CONTENTS

庭院深深情深深

庭院深深情深深

　　《红楼梦》里有座美若仙境的大观园,演尽人世间的爱恨情愁悲欢离合;距我不远的官桥,也有座闻名遐迩的大观园——蔡氏古民居。听说它除了别具特色的建筑艺术外,也同样演绎过缠绵悱恻的爱情故事。择个阳光明媚的午后,我满怀向往之情走进这座闽南大观园。

　　一抹风,带着清朝的气息,穿越百年时空,踮起脚尖,沿着窄窄的小巷穿行。我静静矗立于民居的巷口,感觉到它在轻轻地靠近,用微凉的小手怯怯地碰触着我的肌肤。暑气未褪的夏末,这般接触,本应是一种很舒适的享受。可不知怎的,我却觉得温柔的风里,溢满了思念的泪意。是谁咸咸的泪,染涩了这自古以来四处流浪的风? 染疼了我脆弱敏感的心绪?

　　我打量着眼前的深巷,如同打量一位沉默不语的老者,试图从他历尽沧桑的脸上,找到些许答案。巷不宽,一米左右,是用来做防火的通道,巷底铺着平整的长方形条石,墙壁一律是齐整的青石条墙脚、红砖墙身。青石已被岁月染上锈斑,砖的朱红也早已褪成橙红,让人一眼就可看出它们有着悠久的历史。风,便是从巷的另一头和敞着的门口拂来的。此刻,我仿佛听见穿行的风在喃喃低语,絮絮地诉说着与这座皇宫起大厝有关的故事。故事里有淡在时光烟云里的繁华过往,催人泪下的凄美传说。

　　在我身畔,左边和右边都是石埕。长而宽阔的石埕上,铺着长条形青石板。青石板的宽度一样,长度也相差无几,一块块井然有序地铺在石埕上。石埕内侧便是青石墙脚红砖墙身的古大厝,红瓦屋顶和高高翘起的燕尾脊在蓝天白云的映衬下,显得古朴而悠远。这座建筑面积近一万五千平方米、占地面积三万多平方米的古民居,是由菲律宾华侨蔡启昌及其子蔡资深出资建成的。始建于清同治六年,至宣统三年才全部完工,前后用了四十年的时间。民居由南向北纵深,长达九十五米,共有房间四百多间,整体呈琵琶形,一头大一头小。传说此地曾有一个九天仙女掉下琵琶,蔡家便依地形而建。远远看去,石埕上石板之间的缝隙就像是琵琶乐弦。

　　此时已近黄昏,游客并不多,石埕上除了我,就是透亮的阳光,它安静地洒落在石埕上,照亮了石板的缝隙。恍惚间,我似乎看到那乐弦轻轻颤动,有喜庆的旋律自耳边欢快响起。随即,我看到大厝到处张灯结彩喜气洋洋,厝前厝后人声鼎沸热闹非凡。一乘精美的花轿在众人的簇拥下,稳稳当当地停在石埕上。轿门掀起,胸戴大红花的新郎扶出戴红盖头、着大红裙装的美丽新娘子。哦,原来是蔡资深的侄子蔡世添的大喜之日。新娘子名叫吴宝珠,她是代替那红颜薄命的堂姐吴明珠出嫁的。本来成为新娘的人,是堂姐吴明珠而不是她;可惜前不久,身为吴家状元之女的堂姐染了急病,怎么医治都留不住其芳魂。为这场婚事,蔡家特地赶建了一座富丽堂皇的两层梳妆楼。眼看佳期已近,万事俱备,明珠临终前流着泪求堂妹替自己兑现婚约,别让新楼成空,别让品貌出众的新郎成为伤心人。看着奄奄一息的堂姐,宝珠含泪答应抱其木神位一起嫁到蔡家,让堂姐欣慰地离开了人世。

　　谁知祸不单行,爱的火苗刚刚点燃,随即就被无情的命运之风残酷地扑灭。宝珠当上蔡家媳妇没几天,夫君竟染上急病,撒手西去。人去楼空,年仅十八,风华正茂的宝珠成了可怜的寡妇。对于一个封建时代的女子来说,未嫁时从父,出嫁后从夫,从一而终的思想在她心里根深蒂固。夫君走了,属于她的爱便没了,她的故事也就结束了;她那悲痛欲绝的心,也

庭院深深情深深

随夫君埋入了深深的坟墓里。此后,在这个世界上飘零的,只是她那具空壳的躯体,就如安放在厅堂上的木神位一样,徒有其形而已。寂寞佳人守着寂寞的楼房,短短几日的恩爱,成了她长长一生中唯一的回忆。霎时间,我仿佛听到乐曲由乐转悲,凄凉得令人泫泪欲滴。瞪眼细看,却发现那些在我心底掀起波澜的人物皆已隐去,石埕在阳光下依旧呈现出一幅世事安然的场面,仿佛从未曾发生过什么感人的喜与悲。但是,这段让人唏嘘不已的才子佳人爱情故事,又恰恰是发生在这座石民居之中。

世上最凄凉的守候,莫过于你爱的人永远也不会回来。我不知道那个正处于花样年华的女子,是用一种怎样的执着和虔诚,才能让自己坚守住那份如镜中花水中月般遥不可及的感情。但我相信,在一个个寂寞如荒草般蔓延的日子里,这位誓不改嫁的女子,一定曾坐在窗前的梳妆台边,靠那一点点温馨的过往,焐热那颗已成灰的心。忧郁的眸,日复一日年复一年地眺望着石埕,眺望着望不到边的深深庭院。思念的泪,淌过春,淌过秋,淌过了女人凄凉的一生,让擦窗而过的风都为之动容,为之鸣咽。

怀着深深的疼惜,我开始行走在这座闽南建筑大观园里,如流窜的风一样,从这扇门进去,由那扇门出来,不停地穿梭在二进或三进五间的建筑群体里。古厝虽然历经百年的风雨沧桑,有些地方已显露出残败破落的样子,但每间房屋门前的墙砖浮雕,依然清晰可见,不管是人物或动物都描绘得栩栩如生,姿态万千。所有的窗棂上镂花刻鸟,线条流畅,美丽的图案把简单的木窗户装扮得热热闹闹的;图案线条上隐隐约约的金粉,让人一下子就窥见了最初的华丽。每一处门墙厅壁上皆以书画为点缀,书为了衬画,画为了释书,篆隶行楷,各具韵味。

所到之处,每一间房每一处厅堂每一扇窗,上至头顶的横梁木,下至墙角的石头、砖面,木雕、泥雕、砖雕和石雕比比皆是,让人目不暇接。看得我不禁疑惑,总觉得这并不是一处民居,而是一家古香古色的清朝博物馆。透过这些雕刻艺术,我仿佛看到当年的能工巧匠们,正挥舞着手中的刻刀耐心雕琢。一块块原本普普通通的木板石头，在他们的巧手下，长出了草，开出了花，跑来了活灵活现的鸟兽虫鱼……古人十年磨一剑，他们则用整整四十年的时间才刻出这一座民居。这般用心的作品，怎能不令人称绝，怎能不流芳百世呢？民居的规模之大雕刻之美，让我不禁又想起那位令人心疼的女子，假若她的夫君没那么早离开人世，那么生活在这座大观园里，她的一生将会是多么多姿多彩、幸福美满。只是，爱着的人走了，再多的繁华在她眼里都成了一种虚设，失去了意义。于是她选择了足不出户，在小楼里度余生……

不知不觉地，我走了许多房间，又回到石埕上，已把古厝逛个遍，可我心里惦着的梳妆楼却还没看到；转头欲重新去寻找，或找个人问一下。转念又想，不看也罢，看了只怕又要黯然神伤。

深深的庭院，深深的情。如果说整座古民居带给人们的是建筑艺术上的视觉之美，那么这个凄婉的爱情故事，给人带来的则是难以描述的心灵震撼。离开前，我又朝宽宽的石埕，长长的小巷望了一眼，感觉风比初来时大了些。我知道，这风中的思念，风中的咸涩，一定来自于我心中惦着的那座"梳妆楼"。

喧嚣尘世里的净土

披着冬日的暖阳，我们沿泉州涂门街西行。

一路上，但见车水马龙，鸣笛阵阵。关帝庙里里外外挤满了香客，人

声鼎沸,香烟缭绕。好一派繁华喧嚣的尘世画面。行至中国十大名寺清净寺旁,却是另一番景象,门前人迹寥寥。千年古寺安静矗立在透亮的阳光里,做着古老而温暖的梦。我停下脚步,朝那造型奇特的半圆形穹顶拱门,好奇地一瞥。未曾想,这一瞥,脚倒像是被磁吸引住的铁,再也挪不开步子。总觉得那敞开的南大门,在暗示我们之间,应该有着一面之缘。心思随之一动,脚一抬,就迈过那道历史悠久的石门槛。

穿过有着三重门的大门楼。三重门,人生之门,这里,是否也有着这样的隐喻,我无从知晓。只见每重门的墙壁,都用巨大的辉绿岩条石和花岗岩石砌筑;一二重门的半圆形穹拱门屋顶,无处不渗透着伊斯兰教独特的建筑风格。站在略显幽暗的第三重门里,仰望红砖砌成的高高圆顶,我甚至产生了走进古老王国的幻觉,身心沉浸在神秘的氛围里。

溢满阳光的院子,裸露在门楼北面。由于刚从幽暗里走出,我的眼睛有些猝不及防。万缕金辉水般无声流淌,淌到地面,像有谁撒落一地金粉,晶光耀眼。无法言说的静,迎面扑来,让我恍然大悟,原来只需一门一墙之隔,就可以把尘世的喧嚣,远远地拒之身后。受这份静谧感染,我的心在瞬间变得平和,人似乎一下子圆融通透起来。门楼东侧的祝圣亭里,两块二米来高的石碑,像两个记录历史的巨人。碑面记载着元代及明代重修清净寺的经过,暗黄的色泽,染满岁月风尘走过的痕迹,让人一眼就可以看出,它在这里,有好长一段时光了。

院子的北墙与西墙各辟有一小门。西墙紧锁的铁门,隔开了新旧两个世界。透过门缝,隐约可见崭新的礼拜堂,它在阳光的渲染下,华丽壮观,气势恢宏。北墙的门敞开着,入口处立两根塔形石柱,近三米高。柱子顶端,用铜线撑起一枚秀气的弯月。多望几眼那月儿,诗意便在心里泛滥。门顶的石楣上雕刻着花纹样的文字,进门,又是一方院子,不同的是,里面绿树成荫,古柏参天。内墙上镶着一方石,上面雕刻一道《敕谕》,这是永乐五年,明成祖颁发的保护清净寺和伊斯兰教的圣旨。阳光滤过叶缝,如几百年前那样,静默地洒落在石刻上。光影下的石和石刻,如沧桑的老人,眯着细长的眼睛,眺望着远处的浮云,与阳光对视。

沿院子东走,是接待室,旁有一古井。井水不多,薄薄覆着一层,轻描淡写的,淡得让你无法想象,它在这里,已经有一千年的光阴。井底躺着不少硬币,想必是游客们对着这圣水,虔诚地许下世事安好、人生美满的愿望。只是这样美的愿望,经常会如那些入水的硬币,渐沉井底一样,在残酷的现实里失落,只在心底留下一些闪亮的印记。

井边是堵又宽又厚的石墙,该有七八米高吧!站在墙边的我,只有几块条石的高度。这样的对比,让我觉得自己是靠在墙脚的一只小小蚂蚁。一道令人触目惊心的裂缝,从墙脚蛇行至墙头。这裂痕,应该是明万历年间大地震留下的伤口。看着它,我忍不住伸出手,轻轻地抚摸着,试图用小女子的柔情,抚去它的伤痛。冰凉的感觉,透过指尖渗入心头时,我不禁嘲笑起自己的幼稚。这几百年前的伤痛,岂是我区区十指,能拂得了?

西北角的"明善堂"是天坛倒塌后,教徒们用来做礼拜的场所。里面的小天井台阶上,放置一宋代寿山石雕刻的"出水莲花香炉"。伊斯兰教忌烧香祈祷,又喜莲花的清净与洁白,故雕刻此炉,做礼拜时用于焚烧檀香,洁净空气。香炉虽是石头做的,可是那叶那花那杆,却雕得栩栩如生,精美无比。站在堂前,望着木门隔开的内堂,我仿佛闻到一股隐隐的檀香在空气中弥漫,仿佛看到穆斯林神情庄严肃穆地做礼拜。堂边是间伊斯兰教史迹陈列室,里面陈列着建寺以来的一些重大外交事迹。行走其间,清净寺曾经的辉煌,曾经的热闹,曾经担负过的神圣外交使命,了然在目。

走出陈列室,旁边的走廊上排列着无数巨大的古石棺,每具石棺估计有上千斤重,大得惊人。顺走廊边的小门走过,便是露天奉天坛。地面,绿草如茵,脚踩上去,如踩在松软的绿毯上。十几根曾经支撑过穹形屋顶的花岗石柱,光秃秃立着。阳光将它们的影子拉长,斜斜躺在草地上,有

几分寂寥。置身于空旷的天坛里,我似乎看到那场毁灭性的灾难:地动山摇之际,高擎云天的宣礼尖塔塌了,洁心净魂的洗心亭倒了,古朴大方的小西天讲经堂也垮了;奉天坛美丽的穹形屋顶轰然陷落……乱石相互碰撞,到处烟尘滚滚。这座辉煌壮观的建筑物,只剩下残垣断壁。摇头,瞪眼细看,天坛里,静得可以听到阳光流动的声音。那些辉煌的过往,痛楚的变故,都淡在了历史的烟云里。走过繁华,走过劫难,走过千年时间之路的清净寺,在我眼里,就如那阅尽世事,洗尽铅华的老人。

清净寺,喧嚣尘世里的净土。走进它时,我才发现自己走进了一段历史的深处;穿过这片宁静,从历史深处走出。外面的世界,喧嚣如故。

温故惊新看官桥

有时候,一些地方一些人,只需轻轻一瞥,就足以惊鸿;即使匆匆一见,却也可钟情。虽然只是蜻蜓点水般从官桥镇走过,可是,小镇所蕴含的文化底蕴、所展现的美,还是在我心海里掀风起浪,让我震撼、感动、怀念。

惊新

最初的震撼来自于官桥新生建筑群体——温泉新都城。当知道采风行程后,我眼前随即浮现出一幅唯美画面:碧树、鲜花、高楼,一池温泉清

澈地占据画中间，池面上雾气蒸腾，如梦似幻。

这个曾获过"福建省城市住宅建设示范小区"、"福建省物业管理示范小区"称号的新城镇小区，如一股清新的风，轻轻拂去官桥古老没落的气息，彻底颠覆了官桥简陋拥挤的形象。

从新都城大门进入，面对自然山水与艺术完美融合所营造出带异域风情的园林，我深深地陶醉了。那条宽阔的商业街，店面井然有序，假槟榔树笔直伟岸，广告招牌崭新鲜艳，处处彰显着繁华与热闹。庄严气派的仿西欧式大门内，便是居民生活区。走进小区，最先映入眼帘的并不是楼房，而是一座西班牙风情园林。石雕亭亭玉立，惟妙惟肖；喷泉洁白似雪，腾空而起；罗马式风景墙诗意浪漫，景观植物更是郁郁葱葱，触目可及。鸟儿在树上轻展歌喉，歌声清脆欲滴，自叶缝落下来，让人如闻天籁。行走其中，我简直怀疑自己是在参观国家级森林公园。望不到尽头的绿海，带给人清新空气的同时，也化为一幅美好的生活图画，里面画满了幸福。

温泉新都城之"新"，还体现在合理的空间设计，人性化的建筑特点上。日常观念里，居住小区都是寸土必争，楼房林立，绿化带却像一小块一小块绿饼干，逼仄得让人喘不过气来。在这里，楼房仿佛是装饰品，散落在园林边上。园林两侧有通向居住楼房的林荫小道。左侧台阶蜿蜒盘旋，石头砌就的栏杆，雕刻着各种美丽的图案。右侧是条相对平整的小路，长方形青石条路面在绿树嫩草掩映下，婉约延伸到居民楼下。楼房与楼房隔着宽阔的绿化带遥遥相望。楼底层是架空层，仿木地板瓷砖被打扫得干干净净，引得阳光穿过树缝，快乐地在地板上跳舞。楼下安置着各式各样的健身器材、儿童游乐场、台球场等现代化配套设施。正值周末，健身器材边，两个着休闲服的中年男子背对我们练太极拳，他们悠然自得地伸缩提放，腾挪跳跃，气度不凡，我站在边上静静看着，恍如置身仙境。幽雅的居住环境不但能令人身心愉悦，还能提升人生品位。此时此刻，他们心里一定也溢满幸福与自豪。连见多识广的同行友人都忍不住赞道：住

第一辑

庭院深深情深深

在这里,简直是住在一个童话世界里。是啊,如此幽美的居所,不只是我们羡慕;我想若是神仙路过,只怕也要动了凡心,移居到这里来呢。

温泉新都城,是那朝气蓬勃、活力四射的少年,他的出现,唤醒了官桥沉睡许久的心,让它重新焕发出青春亮丽的容颜。

温故

当我的心还沉浸在新都城的美景里忘返时,车子又把我们带入另一规模庞大的建筑群体——蔡氏古民居。站在这座素有闽南建筑大观园之称的房子面前,一股古朴的气息迎面扑来,让我以为自己一不小心跌入遥远的清代。你看,古老的红砖墙,泛黄的青石条,黑灰的瓦片,无一不在诉说着其历史之悠久。一八六七年至今,屋子主人换了一代又一代,故事演绎了一个又一个,辉煌的,凄美的,平凡的……这座古老的房屋啊,见证过多少世事沧桑呢?尽管老屋静默不语,可我知道,走进它就如同走进一部古老厚重的历史里,随便翻读一处,都会有一个故事,都是一段传奇。

犹记得前年,我驱车自驾游走近这座古民居,是冲着发生在这座古老庭院里的凄美爱情故事而来。而这次游览,在房屋主人后代蔡先生详细解说下,我对民居的艺术价值又有了更进一步的了解。

走在琵琶形石埕上,阳光如水溢满庭院。年近七十却精神矍铄的蔡老先生向我们介绍先辈留下的宝贵遗产,绘声绘色的语气中有藏不住的自豪。他指着石埕上的青石条,让我们分辨哪些是早期铺就,哪些是后来补上的。顺着他手指的地方看去,我果真看出端倪,上年纪的石条与后来补上的石条不仅仅存在色泽差别,就连那石条间的缝隙也不一样,先铺的比较细密,后来补上的既疏又松。蔡先生不无感慨地说,现在的手艺跟古人相比,差远了。

当然,真正令我惊叹不已的手艺,则是在见识红砖文化和雕刻技术之后。这里每一堵墙的墙面，并不是单纯地贴上红砖就作罢，而是精心地在贴面镶嵌上图案，有万字体、海棠花体、人字体、工字体等花样；在角牌的砖墙上面，则有砖錾砌成的隶书或古篆体对联。圆形的砖块字体远远看去如大大的铜钱，若是几个字围在一起，就成了一朵绽放在墙壁上的四瓣花；方形的砖块字体龙飞凤舞地组成图案，流露出古老神秘的味道。原本普普通通的一堵墙，在它们陪衬下，既有图画之美，又兼具文字之蕴。我细细品读，对古人的敬佩之情油然而生。

　　至于雕刻艺术，在整座古民居里更是比比皆是，让我目不暇接。从墙脚跟的石雕，到墙壁上的砖雕，门楣门窗上的木雕，以及屋檐下屋脊上的泥塑雕，还有一些连现代雕刻专家们也叫不出名字的罕见雕刻艺术，通过线雕、浮雕、半透雕、漏空雕等各种方式，雕花、草、人、小动物，雕出天地间所有能见得到的景物。哪怕是一个小小的石窗，几根短短的石柱，他们都精心地雕刻上图案，且柱子正反两面的图案决不雷同。就那样，琳琅满目的雕刻作品，活灵活现地出现在这座面积一千六百多平方米的古民居建筑中。可以毫不夸张地说，这是清代的一个雕刻艺术展览馆。徜徉其中，实在无法想象，它们到底经过多少人的手，费尽多少人的心血，才能雕刻出来！面对那刀法烦琐的图案，面对那密密麻麻的雕刻，我们又怎能不赞叹古人手之灵心之巧，技艺之娴熟呢！

　　蔡先生说，民居在建筑结构上也有着精深的学问，穿斗式结构，硬山或卷棚屋顶，美观实用，冬暖夏凉。屋内的构造设计更是别出心裁，最典型的是明厅暗房设计。所谓明厅暗房，就是整个厅堂光线充足，而厅四周的房子都设有朝厅方向的窗户，或为木百叶窗，或为镂空木雕窗。房门关上后，厅里的人看不到房里，而房里的人只要往窗口一站，大厅里的动静就一目了然。据传这种结构是当时为方便相女婿而设计的。在古代，男女授受不亲，特别是女子一般都是足不出户。到婚嫁年龄，媒人上门提亲，男方随媒人到府上拜访时，坐在厅堂里喝茶聊天，待嫁女子便可躲在暗房

里偷窥来者。若是中意，方出屋请客人喝茶，若是不妥，则闭房谢客。听着蔡先生的讲解，透过紧闭的门和精致的窗，我仿佛看到那娇娇弱弱，心似兔撞的深闺女子，羞涩地躲在窗边偷窥的目光……在那个父母之命，媒妁之言的社会习俗里，这样的门与窗，在我眼中变得富有人情味起来。是它们，为足不出户的女子，提供了这么一点点可贵的自主权。

蔡氏古民居还是一个书法的世界，厅堂边门框上，处处都有墨迹遗留，或是主人的治世家训，或是大陆的知交故旧，或来自台湾文人显贵的题字，篆、隶、行、楷各领风骚。透过那些遒劲有力，龙飞凤舞的文字，我们多少可以窥见主人的学识之渊博，交际之广泛，古屋曾经是怎样的繁华与热闹……

在这里，书法家看到的是书法的世界，建筑家获得设计的学问，雕刻家领略到古老细腻的雕刻艺术，作家找到凄美的爱情故事题材，历史学家读到厚重的人文历史，美术学家看到美丽的图画……难怪人们都说蔡氏古民居是一座大观园。民居的博大与精深，为官桥的历史文化添上最有分量的一笔。

祝福

一个地方若抛弃历史，就如浮萍，无根无底，肤浅无力。可一个地方若只有历史，没有现代化，便如垂暮之人，让人呼吸不到新鲜的气息，感觉不到活力，看不到希望。走进官桥，走进温泉新都城，走进蔡氏古民居，我既感受到深厚的文化历史底蕴，又被浓郁的现代化气息感染着。

匆匆离开这片古朴与繁华并存的土地之前，我把深深的祝福留下，相信在紧锣密鼓的城镇建设步伐下，它会给生活在这里或路过这里的人们，带来更多的惊喜和感动！

西溪畔的画

曾有过深深的渴盼，盼望有朝一日，能像鸟儿自由自在地穿梭于各个城市，将名园胜景的旖旎风光尽收眼底。自从有了这幅美轮美奂的画卷之后，我那颗渴盼的心，找到安放的落脚点。远方的风景，在我眼里失去了最初的诱惑力。

这幅画卷，就是美丽的武荣公园。

一

这里，曾经一片荒凉，除中段一小部分土地被农民开垦来种植甘蔗、蔬菜外，其余的地方，则为荒芜的杂草沙滩所侵占。虽地处城市与热闹村居间，可每每站在桥上举目四望，丛生的杂草，落寞的滩涂，总让我不由得滋生出几许荒郊野外的凄清。二〇〇六年初，市政府着手对这片闲置的土地进行开发。三年后，一座沿晋江西溪南安城区北岸而建，总长六点二公里，规划面积一千五百亩；由文化休闲园、城市风情园、历史风貌园、滨水生态园几部分组成，集景观、生态、休闲、文化、娱乐、健身于一体的开放式城市公园——全省最大的亲水公园全面竣工。

是它，让生活在这座古老城镇上的人们，终于有了一处幽雅的休闲场所，有了一方放飞心灵的广阔天地。

在心底里，我从不叫它公园，而习惯称它为画。是的，它就是那幅挂在西溪畔的巨画。整幅画卷以嫩草、鲜花、绿树为底色，点缀着精美的亭台楼阁，宽阔的塑胶运动场地，惟妙惟肖的雕塑，纵横交错的林荫小道……行走其间，缤纷的花朵，成茵的绿草，郁郁葱葱的大树，带给我满心满眼的美，清新与绿意。置身其内，浮躁的心渐趋宁静、娴静，甚至纯净似婴孩，纤尘不染；走出时，已然获得新生。

二

无数个阳光明媚的周末，或灯火辉煌的晚上，我总喜欢带上相机，在园内尽情遨游。如读心爱的人那般，细细去品读这里的每一处景点。

漫步至柳城大桥东面，就是产业文化园和历史风貌园。浓厚的文化氛围，让我一走进，便可触摸到历史与现代相结合的跳动的脉搏。

暗红色泽的主道，似那美丽的飘带，引得我步履轻盈。道两侧，如茵的草地是一匹匹养眼的绿绒毯，柔软得让人想躺在上面做梦。路旁，草地上，安静地矗立着高大的"水龙头"雕塑、"阀门"浮雕。只需稍稍停住脚步，南安水暖和石材两大支柱产业的发展史便了然在目。闽南闹元宵拔灯雕像更是富有情趣：大人，小孩，男的，女的；提灯笼、敲锣、打鼓，抬轿子的……十几尊铜像，井然有序地排成一队。每座铜像的表情与姿势，都雕刻得栩栩如生，惟妙惟肖。乍一见，我误以为那里正在举行特色的民俗表演。待走近，才赧然一笑，原来是被自己眼睛欺骗了呀！还有那粗犷有力的拍胸舞雕像，古香古色的南音表演等民俗雕像。惹得我情不自禁地走过去，碰碰这个的肩膀，摸摸那个手中的琵琶。轻轻地坐在他们身畔，陶醉闭上眼那一瞬间，我仿佛听到雄浑激昂的拍胸声，听到香侬柔软的南音曲。

咦，山坡那边站着的又是谁呀？原来是思想家李贽。还有呢，"开八闽文化之先"的唐代诗人欧阳詹、民族英雄郑成功、清朝开国重臣洪承畴和当代著名将军叶飞……这里简直成了南安历史文化名人大观园。看，他们或手握书卷，或拂髯沉思，或骑马扬鞭，风采斐然。目光对接中，我心潮澎湃。他们睿智的思想，感人的事迹在我脑海里风起云涌。"有的人死了，他还活着。"这些雕像，便是这句诗的最好诠释。我为自己有幸出生在这人才辈出的地方，而感到骄傲感到自豪。

走过现代，赏过民俗，了解历史名人之后，还有更美的风景等着呢。瞧，小径旁那一大片一大片的石墙上，在讲述着怎样动人的风景呢？原来是九日山、安平桥、灵应寺、雪峰寺、蔡氏古民居等各处南安名胜呀！它们被浓缩成精美的画，雕刻成生动逼真的浮雕，让我不必跋山涉水，即可览遍胜景的风采。一幅一幅地浏览着，那山那桥那寺那老房屋，便徐徐地在我面前铺展开来。透过这些浮雕，我仿佛看到公园设计者面对电脑冥思苦想，为终于想出这独具本土特色的设计方案而雀跃欢呼的情景；我仿佛看到雕刻工人舞着雕刻刀，在巨石前挥汗如雨的身影，我仿佛听金属利器与石头相碰撞时发出清脆的敲击声……

是啊！公园里的每一座浮雕，每一处景点，都凝聚着劳动者辛勤的汗水，都是智慧的结晶呢！

三

穿过桥洞，沿翠竹掩映的绿荫小道西行，便是公园的中部。那里，多姿多彩的东南亚风情在呼唤着。

最先映入眼帘的是健身活动场地。这里，有专为老人儿童准备的活动器材。红城堡滑滑梯，秋千架，跷跷板……看着秋千架，儿时用绳子系着扁担，挂在杨梅树枝上荡秋千的情景，便清晰地浮现在我眼前。于是，当秋千架上刚好没人时，我总会带着些许怀旧的情绪，迫不及待地坐上，

微闭双眼，尽情地晃着秋千。身心悬空的刹那，我仿佛化作只轻盈的蝶儿，扇着绚丽的翅膀，在美丽的花丛中翩翩起舞。偶尔，也会看到旁边的双人秋千架上，坐着一对鹤发老人。阳光暖融融地照射着，秋千悠悠地晃着，老人安详的神态洋溢着说不出的满足。温馨的画面，总会让我无由地感动、羡慕着。甚至想，等到暮年时，最幸福的事，莫过于像他们那样，与相爱着的人肩并肩坐在秋千架上，把流年往事一寸一寸地荡过……

两座古香古色的小拱桥，衔接了健身场地和球类运动场、植物园。古铜色的雕花铁艺桥栏杆，把小桥映衬得别有一番情趣。走内桥就到植物林，那里有富含禅意的菩提树，枝繁叶茂的高山榕，花团锦簇的黄花槐，清香怡人的洋紫荆，笔直修长的桉树，还有许多我叫不上名字的奇花异草。品种之多，令我目不暇接。我几乎要怀疑自己走进了东南亚热带雨林。绿树掩映下，方形的球类运动场隐隐约约，塑胶篮球场、排球场、羽毛球场……透过球场上绰绰的人影，阵阵的笑声，我看到那幅生活和乐、岁月安好的幸福画面。

外侧的桥过去则又分两路。还是带子般的水泥细沙石路迤逦地穿过园林，两侧也是成片成片的树林。高高的假槟榔树，挂满果子的人参果，长着粗刺的刺桐等。前行十来米，就到园中部的亭子。十几座精美四角木亭子一溜排开。亭后翠竹罗列，亭前左右两侧分布着五六米高的平行木长廊。长廊依地势进行布置，以整齐的绿化带作间隔，或高或低，错落有致。别出心裁的格局，令人仿若置身仙境。

另一条，则是临湖的鹅卵石小道，道旁垂柳依依。风一吹来，柳条轻轻飞扬，如姑娘长长的秀发，妩媚，多情。湖面波光粼粼，似有无数碎银子在闪烁光芒。诗般的情，画样的景，汇聚成一幅妙不可言的树色湖光图。沿这条路一直前行，就是中心岛。岛正中间圈了块圆地，铺着光滑细腻的石板材，上面雕着南安市政区图。创意的设计，让每一个到这里游玩的人，都忍不住好奇地站到地图上，睁大眼睛搜寻自己的出生地。而最引人注目的,要数南安建市十五周年的纪念雕塑"欣欣向荣"。五片十来米高的变形柳叶片矗立着,似五朵巨大的花瓣,围成一个美丽的花苞状。向上升腾的姿势,寓意南安市的经济发展蒸蒸日上、欣欣向荣!没有一个人不希望自己的家乡繁荣昌盛,那纪念雕塑恰如其分地表达出了南安人民的美好心愿。

气势宏伟的时钟楼建在植物园不远处的堤坝上。钟楼底座是四幅郑成功收复台湾为主题的装饰浮雕。四根十五米高的白色古希腊柱,大气地顶着四面塔钟,最上方屹立着民族英雄郑成功骑马东进的英姿。抬头仰望英雄,我听到了那带领人们团结奋进的马蹄声,它像一部振奋人心的交响曲,唱响历史的长廊。

钟楼西面堤坝下,有一座架空木制廊桥。廊桥如蜿蜒的长龙,由高向低延伸。人走在上面,既可观园景,又能赏湖色。下了廊桥,朝美林大桥下走去,那里有一处亲水平台广场。夜幕降临时,广场是一块富有磁性的舞台,吸引着人们聚集到这里载歌载舞,热闹非凡。

四

毗邻风情园的,是娱乐休闲场地。那里有儿童游乐园和新型游泳馆。摩天轮、碰碰车、海盗船、空中缆车等五花八门的游乐项目,让你转上大半天也转不完。每次陪小儿一起尽兴游玩时,我似乎回到纯真的孩提时代,无忧无虑。

靠湖的那一面,则绿草如茵,玉树临岸。周末时,我经常坐在湖畔的树荫下,看绿树的倒影,水中的鱼儿。远离机器的轰鸣,远离汽车的嘶叫,风盈盈流过时,带来草的清甜,花的芳香,野林的爽气,让我忘却人间烟火,淡了凡尘俗事。如痴如醉地沉浸在这天高云淡、风清水秀的境界,我恍然觉得自己已化为树下那株憨态可掬的小草、水中那尾幸福悠闲

第一辑 庭院深深情深深

的游鱼。

美丽的武荣公园,每每行走其间,我总会有种人在画中游的美妙感觉。是的,它就是那轴迷人的风情画卷,浑厚的历史画卷,美丽的现代画卷。有了这幅巨画,我不会再为自己无法到其他地方游玩而遗憾;因了这幅巨画,古老的南安城,褪去千年历史遗留的暮气,更换了新颜,变得朝气蓬勃,魅力四射。

画里的象牙塔

在网上看到泉州师院新校区摄影图片,美丽的校园依山面海,建筑精巧,像极一幅镶嵌在东海之滨的画,看得我极其神往。恰逢市里组织继续教育培训,地点正是我心中向往的地方,我幸运地拥有了一段旅居象牙塔的日子,忍不住窃喜。

走进它,发现称之为画,一点儿也不夸张。这幅画色彩明快,画面以红绿白三色为主。高大的楼房外墙是一律的朱红瓷砖,边缘镶以白框,热情的红配着素净的白,充满激情却又不失理性。宽阔的操场上,红色橡胶跑道围绕着绿色草坪,织成一匹色泽艳丽的地毯。白日里,一个个朝气蓬勃的身影,在上面跑动、跳跃,像一朵朵织在地毯上的鲜活花儿。整座校园是绿色的,鲜绿的草坪,深绿的树木,间杂着品种各异的花,形状奇特的假山巨石。各处的花草树木各不相同,造型也不一样,唯一相似的是在校园里流淌的绿意。连接校园、楼房、操场的,是一条条纵横交错的灰白水泥路。原本单调的路面，在两旁绿化树映衬下，显得柔和优美，诗意盎然。漫步其中，若不是那一个个坐在林荫下埋头看书的身影提醒，若不是镶嵌在教学楼外墙上的金色学院名提醒，我简直要怀疑，自己走进的不是学校，而是一座风景秀丽的公园。

这幅画不但唯美，而且篇幅巨大。这是一座有泉州园林学校之称的现代化学院，占地面积一千多亩，设有十五个学院，四十四个全日制本科专业，规模之大，着实令我惊叹。那天，我一下车，踏进宽敞的校门，面对那宽阔的操场，巍峨壮观的办公楼，突地竟觉得有点心虚，感觉自己一下子变得好小好小，小得像一只蚂蚁，微不足道的蚂蚁。

记得从办公楼报到处到我们居住的 B 区宿舍，是好长一段距离，足足让我走了近三十分钟。幸好一路都是风景，翠色欲流的草地，姹紫嫣红的花儿，形状奇特的假山假石。由于不赶时间，我便闲云似的随心所欲欣赏着，那种感觉，像是在国家级景点旅游。当然，要是赶时间的话也不碍事，校园里有电瓶车可坐，一块钱十来分钟即可到达。据说大多数的学生大都是自己带上自行车，每天踩自行车去上课。否则，不想迟到又不想骑车的话，每天估计得提早半个小时起床。又记得去参观师院俊秀图书馆，也是走了好远一段路，甚至爬过一个小山坡，直走得气喘吁吁，才到达那栋建筑面积两万多平方米，弥漫着书香墨韵的楼房前。单这两个地方，就足以我们走上大半天，要想游遍整座校区，没花上三两天，怕是走不完。假若要细细品读，那就需要更长的时日了。

因有足够的空间位置，这座美丽的象牙塔，少了一般学校所特有的拥挤与嘈杂，亦如画一样幽静。培训时，我们居住在女生公寓里。公寓依山势而建，是学生宿舍楼中地理位置最高的寓所。寓楼前有一大片竹林，青翠茂密，还有几株枝繁叶茂的榕树，树下安置着长石椅，供小休憩。炎炎烈日下，坐在那树荫底下乘凉，听蝉鸣，真不失为一种妙曼的享受。

公寓后面，是座小山，山势不高，山顶近半圆形。山中绿树成荫，青草

庭院深深情深深

葳蕤。夜幕降临后，鸟儿归巢，山与夜色融为一体，窗外一片静寂，静得让我感觉不到山的存在。而这样的静，又特别适合做一个美好而悠长的梦。第二天，人还未醒，阳光已透过山头照在窗帘上，把梦吵醒了。我轻轻拉开窗帘，霎时被眼前的美景深深震撼了。山头那片墨绿的树枝上，绽放着许多美丽的白花，一朵连一朵，密密麻麻、挤挤挨挨地挂满枝头。好美呀！我欣赏着，惊叹着，仿佛闻到了那清新的花之香味。随即又发觉不对，昨天我曾打量过这座山头，那些树枝上除了绿叶外，没见着一个花苞呀，怎么一夜之间就开花了呢？正在纳闷之际，忽见树上有几朵白花突然动了起来，有的从这枝头跳到那枝头，有的竟然飞了起来。看得我不禁哑然失笑，那些洁白的花儿，原来是白鹭呀！想必这些可爱的精灵们，也是爱上这里的幽静，才呼朋唤友地站在枝头欣赏这幅迷人的画，并因此成为画中一景。看着它们，我禁不住羡慕起校园里那些年轻的身影，他们是何其有幸，能在如此幽雅诗意的环境里学习生活。

旅居师院那几日，虽然只是走马观花地欣赏，我依然领略到象牙塔的种种美景。它的美，它的幽，它的书香墨气，让我时时都有走进画里的错觉，让我踩着时光之河逆向而行，回到那无忧无虑，心清如水的学生时代。

诗意的码头

码头，既是起点又是终点。在整装待发的行者脚下，它是澎湃的雄心；在漂泊流浪的游子眼里，它是温暖的驿站。

码头，南安的码头，在宋人眼里，它是一处商贩云集、舟帆蔽日的繁华之渡。历史的长河缓缓流淌，古老的船只慢慢淡出人们的视野。渡口曾经的繁华与热闹，逐渐成了后人口中美丽却遥远的传说。

　　曾试图复原它在历史长河中留下的点点滴滴，结果却是那样凌乱而琐碎，像散落地上的珍珠，怎么也无法折射出一个多彩的码头。在这片古老神秘的土地上，到底蕴藏着怎样迷人的风景，出现过怎样伟岸的人物，演绎过怎样动人的故事？既然无从得知，且跟随着好奇的脚步，踏上这片宽广深厚的热土，去揭开那神秘的面纱。

　　走进码头，你会惊喜地发现，自己走进了一幅诗意盎然的画里。在这里，许多地方都被冠上"诗"字命名：诗山、诗溪、诗村、诗宅、诗园、诗门、诗南、诗口……一个个饶有情趣的名字，携着浓得化不开的诗意，在你眼前，在你耳边，在你心里不停地流淌，流淌。让风尘仆仆，远道而来的你，仿佛也沾染了诗气，浑身上下洋溢着诗的灵气，诗的曼妙，诗的澄澈。

　　这里，风景秀丽，人才辈出，文化底蕴深厚。钟灵毓秀的高盖山，孕育出"文章破八闽天荒"的闽学鼻祖、唐代诗人欧阳詹，因而成了闻名遐迩的"诗山"。历史悠久的四景十二奇徜徉过诗人流连的足迹，吸引着无数名人贤士争相追随。清澈柔美的诗溪水，哺育过被人们称作"南安的陈嘉庚"的爱国华侨黄仲咸，哺育过著名的作家评论家刘再复，哺育过许许多多慷慨正直的码头人，让你在他们的故事里由衷地敬佩。而那古香古色的土楼，令人向往的温泉胜地，神奇的聚宝盆山美水库，金碧辉煌的宫庙以及清静悠然的田园风光，在映入眼帘之际，总能给你带来意想不到的美与感动。让行走其间的你深深陶醉，恍然回归到一个诗意流淌的美丽家园。

　　诗山悠悠，诗水长流。诗意的码头，养育了热情好客的码头人，他们凭着开拓进取的精神，在这里扬帆起航，谱写出了一首首或朴实，或浪漫，或壮丽，或柔美的诗之华章。

第一辑 庭院深深情深深

英雄故里忆英雄

走进郑成功故里石井，是春日周末的清晨。出发前，大雾弥漫，能见度不足五米，让人简直怀疑我们住的世界，在夜里掉进雾窟窿里，但这并未能阻止我们拜访的脚步。许是被我们的诚意所感动，大雾不好意思再制造障碍，车子行至官桥，铺天盖地的雾薄了，淡了，最后悄无声息地散了。阳光透过云缝照射下来，天空像极了一张微笑的脸，让人看着心生暖意。待至石井时，已是一个阳光如洗的朗朗天地，我们的心情，亦如阳光般亮堂堂，甚至连呼吸里都有了阳光的味道。

车子载着我们一路前行，最后停在石井镇白鹤山下视师石旁。下车，但见两块灰褐色的石头屹立在古朴的井宫亭旁，石身估计有三分之一被埋在土里，石与石之间隔着一道细细的裂缝，像是有谁用利器把石头劈开似的。很明显，靠得如此近的石头，在裂缝出现之前，应该是同一块。石上分别镌刻着"海上"、"视师"四个楷体大字。浑厚的字体豪迈、大气，相传这是明代嘉靖朝泉州知府程秀民巢倭后刻下。两截看似普通的石头，因了英雄的足迹，在我眼里越发非同凡响起来。

友人说，这两块石头原是同一块巨石，据传石间那道醒目的裂缝是国姓爷留下。当年，郑成功北伐失利，回师屯于石井、白沙一带。经历过国仇家恨，他化悲痛为力量，立志收复台湾。他全身心地投入到军事演练上，经常登此石指挥水师操练。军中有人信心不足，他慷慨激昂地说："台湾是我们中华国土，岂能让荷兰侵占？台湾不得，我们枉为中国人！"言罢，指着这块巨石，对将官道："本藩收复台湾决心已定，有再阻拦者，与此石同。"话音刚落，即拔出佩剑，手起剑落。只见剑光一闪，一声霹雳惊天动地，一道白光冲天，刚才还完好的巨石，竟被一剑劈为两半，让那些信心动摇者见之，不敢再轻言放弃。后人也称这块巨石为"誓师石"。

我轻踩在留有英雄足迹的石头上，一份豪迈的情怀于心海油然而生。友人指着周围告诉我，这里曾经是海域地带，古称五马江。石头就在江岸边，临石眺望，可见江面波涛汹涌，犹如烈马在呼啸。我举目四顾，但目光所到处，皆被高楼大厦硬生生地折了回来。曾经的沧海，如今的桑田。那些汹涌的海水，拍岸的潮声，都远逝在了光阴的隧道里。历史的车轮亦如那潮水的脚步，匆匆而去。只是，英雄的故事，并不会被远逝的时光，远去的潮水给淹没。它们如这刻在石头上的字，清晰地呈现在人们眼里，被一代代地传诵，一代代地景仰。

阳光如水般倾泻在石头上，我眯眼凝视，恍惚间，似乎看到眼前荡起一片波光，海水在石下奔腾撞击，撞出涛声阵阵。国姓爷身着铠甲，一手握着剑柄，一手置于额前，英姿飒爽地立于誓师石上，如炬的目光炯炯地投射向远方。远处的海面上，船帆点点，旗帜飘飘，士兵们正在风浪里操练着，雄壮的操练声和着澎湃的潮声，在耳边回响成一曲雄壮的英雄之歌……

在当地朋友带领下，我们继续行走在这方钟灵毓秀的神奇土地上。从庄严肃穆的延平郡王祠到巍峨壮观的郑成功纪念馆，从弥漫着书香墨气的郑成功碑林，到有着神奇传说的米篮墓……在一个个与英雄有关的景点里，追寻着英雄的身影，聆听着英雄的故事。它们所蕴含的浓郁的文化气息，一次次地唤起我心深处对英雄的怀念与景仰。

第一辑
庭院深深情深深

夜逛"光明之城"

　　与友人驱车夜逛泉州城。

　　沿途,明亮的路灯散发着柔和的光芒,杂糅着道路中穿梭的轿车灯光,汇成一条流丽的色彩之河,把整座城市映衬得如白昼般光亮,让我不禁想起七百多年前雅各游览古刺桐城时的感慨:"刺桐人在自己房子的入口处和庭院里都点了灯,那些在夜晚赶路的过路人也点着无数的灯笼以照明,因此整个城市都在闪烁。"泉州,真是座名副其实的"光明之城"。

　　途经美丽的笋江大桥,桥正中矗立着一排三角形的灯架,上面缀满珍珠般的白炽灯。光如月色,散发着淡淡的清辉,为笋江桥添了几许清幽的诗意。车子缓缓行驶着,朋友是初次驾车进城,而我又是个"路痴",加上只顾着欣赏夜景。迷路,便在所难免。当城市的灯光在眼里渐次淡去时,始发觉已是南辕北辙;赶紧调转车头,复向市区行驶。

　　车子行至另一十字路口,我们再一次迷失方向。虽然出发前曾在网上搜索过线路图,可在这闪烁的灯光下,在这几经扩建的城市路口,我记下的那几个地名根本不起作用。眼前这纵横交错的十字路口,林立的高楼,我的脑海里突然冒出那句诗:"东西两座塔,南北一条街",这是董必武一九六〇年游泉州城留下的。当时,整个泉州城最高的建筑物,估计是东西两座塔了。云淡风轻的日子里,人们只要打开门窗,往东边或西边一望,苍穹之下,高高的镇国塔和仁寿塔便了然在目。天空很辽阔,塔尖如针细而小，却依然顶住了几百年的风雨，顶住了几代人的记忆。那时，唯一一条成规模的街，只有中山街。这条具有悠久历史的老街，加上古老的骑楼式建筑，成全了泉州城二十世纪二十年代至六十年代的繁华与热闹。

如今，在党几十年和风细雨政策的滋润下，"东西一座塔，南北一条街"的景观早已被更改；这片美丽的土地上起了翻天覆地的变化。就像此时，我抬头望遍所有望得见的地方，根本没办法找到东西塔那高高的塔尖。目之所及，是巍峨壮观的高层建筑物，它们长成一片森林，密密麻麻地扎根于泉州这片古老的大地上；东西塔，早已被藏在了高楼的腋窝下。城市上空蒸腾着一团五彩缤纷的雾气，缥缈如仙景，把光明之城的瑰丽演绎到了极致。

和朋友在路口踌躇不前，滞留了一会儿，决定朝最明亮的方向走。在游鱼般的车流中七弯八拐，似乎绕了很大的一圈，终于找到我们要去的地方。朋友感叹道：泉州城真大呀！是啊，不大的话，我们哪会连续两次迷路呢。其实，只需看那些星罗棋布的十字路口、川流不息的车辆，就可想象这里的街道之多，之热闹。而每一条街道的建设与繁荣，都见证了这座光明之城的发展史；透过那一条条街道的变迁，我们可窥见这座城市的繁华程度和人们的精神面貌与生活水平。

光明之城，光明的不仅是今天，还有美好的明天！

第一辑 庭院深深情深深

∨∨∨ 第二辑

摇啊摇，摇到铁索桥

藏在柔软心房里的海

海在山那边汹涌,思念在我心中沸腾。——题记

一

沙软软的,水蓝蓝的,风咸咸的……

轻轻地,我来了! 来到松软的沙滩上,来到蔚蓝的大海身畔。无语驻足,凝望这片辽阔,竟没有想象中久别重逢的惊喜与激动。任风裹着海的气息,迎面扑来;任足心暖透沙砾,任沙砾凉透足心。我忍不住诧异于自己的平静。是否,如磐石般沉重、烈酒般浓烈的思念,已经麻木了我那颗善感的心? 是否,梦里一而再,再而三出现的画面,让我将之与现实混淆,视真实为虚幻? 是否,因她一直在心中,令我有从未离去的错觉? 以至于,当思念着的海,真真切切出现在眼前时,我竟能做到心如止水,波澜不惊? 我找不到答案,或许,有些事情本身就不需要答案。

想起朋友说过,我是个执着的人。追寻三十年来所走过的痕迹,发现自己确实有点偏执,一直以来,似乎只懂得爱,而不懂得放手。比如对于文字的痴迷,明知写作需要天赋,却依然无悔地沉湎其中,为之喜为之忧,全不问自己是否如朽木般不可雕琢。又比如对于这方蔚蓝的痴爱,明知这辈子,我与她之间,永远隔着一座山。而这一面之后,我又只能在遥远的山那边思念她。却依然愿意,愿意让这片蔚蓝占据柔软的心房,在心深处纠结成藤蔓,任千丝万缕的思念根须疯长,始终不肯将其泯灭。只因心里清楚,深爱的东西,一旦从心中剔除;心,将会成一片荒漠,从此了无生机。

在我浮想联翩之际,有浪花轻轻溅起,亲吻我的双脚与衣裙。湿湿的吻,终于唤醒我心中的惊喜。哦!在我梦中千回百转的海,终是读懂我的思念。朵朵洁白的花儿,是她送给我最纯洁的见面礼。

二

懵懂无知的岁月,幼小的心并不知道世上有处叫海的地方。家住连绵起伏的大山深处,目之所及,除了伟岸的高山,翠绿的大树,一岁一枯荣的小草,就是那一汪汪浅得见底,清得能把人藏入水中的山泉。它们随意地从山脚的某个角落冒出,像我们这群无忧无虑的小孩,只管叮叮咚咚地唱着欢快的歌儿;只管七扭八拐地往下流淌,淌过梯田,淌过我家屋旁,淌到村头,汇聚成一米来宽的小河,继续向远方淌啊淌啊……

没人为我撑一叶孤帆,带我沿河去捕鱼或流浪,带我去看急匆匆的河水,到底是去赴谁的约?我问小河,小河只报我一阵"哗啦"的笑声,就淘气地跑开了,留给我满脸疑惑。直至一日,大人口中的海,为我揭开心谜。他们说,山那边是海,浩瀚无边,蔚蓝的水把地面变成蓝天。点点白帆,朵朵浪花,是点缀蓝天的云朵。只是,天空里的云朵藏着的是泪珠儿;白帆上、浪花里装着的,却是活蹦乱跳的鱼虾。

原来,在我不知道的远方,有个海。原来,它就是河水的家。只是,有些事物知道并不等于懂得。"海"于我而言,仍旧是个模糊而抽象的概念,我无法想象它到底有多大?有多宽?能盛多少水?能否一脚跨过去?能否一眼望穿?

每次上山放牛，站在高高的山头眺望，窥见数重山外的城市里，有条洁白的带子，隐隐约约从城头飘至城尾，消失在缥缈的雾霭里，像是哪个调皮的放牛娃，拖着长长的白丝巾，在地上作画。我惊喜地把它唤作海。可和我一起放牛的大哥哥大姐姐说，那叫江。海，远着呢！

从此，我开始思念那个叫海的远方。这一思念，竟成了习惯。

三

"阳光，沙滩，海浪，仙人掌，还有一位老船长……"小小的书包带我走入课堂，老师一曲《外婆的澎湖湾》如一幅素描，寥寥几笔，却在我心中勾勒出一幅无与伦比的海边美景。书本里"惊涛拍岸，卷起千堆雪"的雄伟气势，如此动人心魂。再后来，电视屏幕里，一望无际的海面上，白帆如翩翩的蝶儿；翠绿的椰子树，在海边诗意地随风起舞；美丽的贝壳，在沙滩上闪着诱惑的光芒……

神秘而抽象的海，终于如放下琵琶的琵琶女，以极美的面目出现在我眼前，我却只能远观不能亲近。恋海的情结，如滚雪球似的，越滚越大；又如缠丝线般，越绕越紧。

"有一天，我要去看海。"这念头，不厌其烦地在我心中翻来覆去。

山那边很远，大人们都很忙很忙。因此，我这个简单得不能再简单的梦，如无桨的船被搁浅在时间的荒滩上。直至读初中那年，学校组织春游，几辆公交车，载着一群虎头虎脑的山里孩子，翻山越岭，绕城钻洞，终于见到离家乡最近的那片海。惊喜地跳下车，清楚地记得是个沉闷的阴天。迎接我们的，不是明媚的阳光，不是美丽的海滩，更没有开着黄花的仙人掌。海水，确实如电视里那般浩瀚无边，怎么跨也跨不过，怎么望也望不到尽头。可是，海的颜色，不是湛蓝，而是混浊，甚至有点发黑，上面漂着许多垃圾，散发着熏人的臭味。工业现代化促进经济发展，却也给环境带

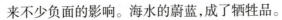

来不少负面的影响。海水的蔚蓝,成了牺牲品。

第一次见到海,我没能找到心中那抹蔚蓝,只带回几颗残缺的贝壳。满怀希望去,怅然若失归。有一种闷,郁积在心里,久久不能释怀。

此后许多年,我再也没有到过海边。说俗点,是没时间,说玄点,是机缘未到。或许,更是因那次见到的海,伤了我的恋海情结。有时候,想象比现实美好。比起真实面目的海,我更喜欢在歌词里,在诗句中,在电视上,想象、欣赏着它的美。

四

时间是个神奇的魔术师,它会使美好的事物在记忆深处,散发出璀璨的光芒,会让不美的回忆暗淡消逝。离开大海久了,心中的那片蔚蓝,又在呼唤着我,诱惑着我。

诗意的海,不停地赋予我许多浪漫的念头,化作无数瑰丽的梦,成为所有故事的背景。我幻想着与相爱的人,一起在沙滩上嬉戏玩耍,拾贝壳追浪花。累了,相携坐于礁石上,看潮涨潮落,看远帆归航,看白鸥翻飞,看浪花轻舞,直至地老天荒。我甚至想,哪天,若是我发财了,我要在海边买座房子,面朝大海而居,让潮声伴我入眠,让波浪唤我晨起……

终于被思念牵引着脚步,我来到厦门鼓浪屿海边。依然是阴阴的天气,由于刚涨过潮,海只露一小块沙滩供我滞留。退潮的水是温和的女子,腾起的细浪,如一首首清新的小诗,又如一朵朵细碎的小白花。这里的海,近处虽有点浊,但比起我第一次看到的海干净多了,轻掬一捧在手中,掌心的纹路清晰可见。远处的海水呈深蓝色,我庆幸找到心中那抹湛蓝。接受海水送来的见面礼后,我索性脱去鞋袜,光着脚丫去赶海。海水哗哗地追上来时,我就往高处跑;海水沙沙地退下时,我便加快脚步追着她。我赶海水时,潮湿松软的沙滩上,留下一个个清晰的脚印。海水追赶我时,

带不走我的人，就淘气地溅湿我的衣裙，带走我的脚印。我们像两个互相追逐的孩子，不厌其烦地重复着相同的游戏。当我累得气喘吁吁时，海水却依然面不改色。

　　实在跑不动了，我爬上附近的礁石上坐下。此时的海水是个温柔多情的女子，她一次又一次地亲吻着礁石，在他身上留下一个个湿湿的印痕。手摸着千疮百孔、浑身粗糙的岩石时，我想，礁石一定和我一样，是爱着海的。但礁石爱得更深沉更执着，他与海朝厮夕守，将她的温柔，她的沉默，甚至是她的暴躁，一并兼收，千百年来，不曾动摇。世间许多爱，都会在时间里灰飞烟灭，即使像我那自认为执着的爱，终有一天也会随着我生命的消失而化为虚无。可是礁石不一样，他可以与时间比老，让爱永恒。

　　就这样坐在那里，痴痴地看着，想着。来往的轮船发出清脆的鸣笛声，成了哗哗海水中的高音符；海鸥呼朋引伴，在海面上盘旋。不知不觉中，夜幕为大地披上一袭黑衣。海，沉浸在一片黑色之中，海面成了一匹巨大无边的黑色绸缎。我好想好想躺到绸缎上做梦，让温柔的波浪，如童年的摇篮，轻轻地摇啊摇，把我摇进甜美梦乡里。只是，很多时候，想法永远只能是想法。

　　夜，越来越浓，最后浓成一团化不开的黑墨，它为海遮上了面纱，催赶我回到属于自己的天地。唉，这辈子，我注定只能是大海身边匆匆而来、匆匆而去的过客。轻轻地跳下礁石，离开之前，恋恋不舍地再次回眸。我深爱着的海，我是带不走的，只能把她珍藏在柔软的心房里。

　　再回首，沙软软的，水蓝蓝的，风咸咸的……

摇啊摇，摇到铁索桥

我未曾想到，这里竟深藏着一道如此优美的风景线。

十几年来，屡屡搭车自它身畔呼啸而过，那屹立在碧水之上的柔曼身姿，一次次穿透玻璃窗，若隐若现窜入我的眼眸，无声地提醒我，仑苍到了。仑苍铁索桥，从我认识它起，就成了我这个路盲心中的地标。就像城市里的公交站牌，让我得以知道，我行至何处，置身何方，离我想去的目的地还有多远。有那么一两次，脑海里也曾掠过上桥走一趟的念头，但思绪也仅仅微动一下，好比无心的手，不经意间拂到闲挂墙上的琴弦，引发的不过是一丝若有若无的旋律而已。我从来没真正停下过奔忙的脚步，走进它，品读它。或许因了熟悉的地方没有风景的观念在作怪，抑可能是我心太粗糙太功利，眼里只有终点，而忽视了享受过程也是一种乐趣。以至于，这道美丽的风景与我，尽管近在咫尺，却白白地错过了十几年的光阴。

幸好，错过的只是一段光阴，而不是一辈子。在这个春和景明的美好日子里，我们终于遇上。

下车，看到入口处是座水泥灌筑的高大隘门，门楣门框挂着红漆铁皮，横批写着"辉煌人民欢迎您"几个热情洋溢的镶金大字，左右"辉耀山川风化雨，煌昭日月贾如云"的藏头联，把铁索桥边那一方人家的豪迈气势渗透在里面。桥面用铁皮板铺成，中间部分乌黑发亮，那是人与车轮来往时留下的痕迹；桥两侧人踩不到的地方，则泛着斑斑锈迹，它在无声

地告诉我,这是一座有历史的桥,曾见证过无数个日升月落,见证过许许多多人事变迁。两条拳头般粗大的铁索,从隘门这头连到桥另一端,索身用棉布扎得严严实实,两头高中间低,在空中划出两条柔美的抛物线,给人以无与伦比的美感。一排粗大的钢筋连接桥面与铁索,吊着四米左右宽的桥面,擎起悬挂空中的铁索,同时也串起人民三十多年来的希望。三十多年前,奔腾的西溪水沿着走了千百年的路途,经过这里,汇入晋江,奔向大海。汹涌的江水,宽阔的江面,阻碍了两岸人们的往来。船只是那个年代到达对岸的唯一工具。交通之不便利,影响到的不仅仅是人们的出行,还有整座村庄的发展。闭塞、贫穷与落后成了小村庄的代名词。

二十世纪八十年代初,勇于开拓创新的仑苍人,在宽阔的江面上架起了铁索桥。可以想见,桥通行那天,习惯了站在江边熬着性子等待船只的人们,突然可以甩开膀子,畅通无阻地走上咚咚作响的铁皮板,轻轻松松地从江的这头走到江的那头,任凭风再大,浪再急,也不用担心出行的脚步受阻。那心情,将会是何等惊喜,何等欢畅,迈开的脚步又将是何等轻盈,何等迫切。

轻轻地踏上桥,我迈出与铁索桥亲密接触的第一步,那份小心和惊喜,或许不亚于三十年前人们初次踏上这座桥时的心情。鞋跟与桥面的铁皮轻轻碰撞,发出"咚"的一声脆响,似在欢呼,又像在感慨。继续向前,"咚咚咚……"化成一曲节奏分明的旋律,桥身微微颤动着,我不由自主地放慢自己的步子,尽量使自己脚步轻些,再轻些,以免惊动桥身。没走几步,眼前豁然开朗:头顶是蔚蓝的天,洁白的云;身畔有柔和的春风,明媚的春阳;脚下是长长的铁索桥,悠悠的碧水。美景如画,赏心悦目,浓浓的诗意,如香墨落在宣纸上,在心中徐徐洇溅开来。低头,俯视,江面宁静得像位温柔的母亲,江水无声流淌,像一块微微拂动的蓝丝绸,阳光撒落在上面,散发出金色的光芒,似调皮小儿在玩捉迷藏,跳跃、闪烁、迷离了我的双眼;我凝望着,心神犹如融于水中,郁积的污垢被水之手轻轻洗涤,洗得纤尘不染,只留下柔情,在心头萦绕缠绵。抬头远眺,江天一色,我的目光被牵引到无穷无尽的远方,天地宽了,心胸也跟着开阔了;所有纠结于心深处的欲念,稀释,淡化。

正当我沉醉于美景而忘却凡尘俗事时,身后有小轿车驶过,厚重的车轮碾在薄薄的铁皮上,发出串串急促的"噼里啪啦"声,乍一听,不知情的人还以为是谁在桥上放鞭炮哩。车子渐渐驶近时,桥身摇晃得更加明显了。人站在桥上,仿佛在摇篮里似的,不过没有摇篮里的那份舒适与轻松,更多的是紧张与心慌。当车子从身边驶过时,铁皮板因车轮辗压而大幅度颤抖起来,发出巨大的轰鸣声,桥身随即剧烈地摇晃起来。人站在上面像是在坐过山车,非常不踏实。我紧张地闪到边上,双手紧紧地抓住护栏铁链,忍着不让自己惊呼出来,却有点担心与车子擦身而过时,会被晃到桥下去,成为水中那尾不会游泳的鱼。直到轿车远去,桥身也不再摇晃了,我这才松开手,定下神,复又为适才的紧张而失笑。眼前明明是一座牢固的铁索桥,无数的人从这桥上来来往往,始终安然无恙,可我竟然紧张成这副模样。

说到底,该是因了这是一座架空易摇晃的桥,虽然它比站在船上要来得稳当一些;可是远离了地气,终究比不得在地上行走那样,能给人脚踏实地的安全感。当然,更主要的,还是因为我第一次走这桥,不熟悉其脾性,就像面对一个陌生人,不知其底细,摸不透其个性,便不可能放心地交出我的信任,而一旦有风吹草动,疑惧也是在所难免的。若是让我走上个八趟十趟的,发现不管桥身怎么摇晃,人走在上面都是安全的,我定然不会走得如此忐忑不安,甚至惊慌不已。于是,我不由得想起铁索桥对面那座美丽富饶的小村庄,想起那些改变村庄面貌的创业者。想必他们乘着梦想之舟起航,踏上未知的创业之路时,应该也如我初踏上这铁索桥那般忐忑忐忑。像蹒跚学步的婴儿那样,小心翼翼地抓着铁索过桥,一步一个

脚印地往前走,走得如履薄冰,战战兢兢。慢慢地,走出了门道,由轻车熟路到了如指掌,便大胆地放开绳索,甩开膀子,健步如飞地行走。就这样,这个曾经落后的小村庄,经过创业者无数次摸爬滚打的尝试后,成长为闻名全国的水暖之村。如此看来,摇晃的铁索桥,其实更是一架连接梦想彼岸的大桥。正像这个小村庄里一位爱好文学的创业者用浪漫色彩的话语调侃的那样:"摇啊摇,摇到铁索桥,摇到梦想的彼岸,让梦开出娇艳的花朵!"是啊,三十多年来,是它,用自己的身躯,承载起辉煌村民,甚至是整个仑苍水暖人的梦想,托起他们去实现走出仑苍,走出南安,走向中国,走向世界的美丽梦想。

想到这里,我对脚下这座铁索桥突然有了一份深深的敬意,迈开的步子也不再如刚才那般心慌意乱,而多了几分从容与淡定。

"咚咚咚……"我的脚步声继续响在铁索桥上,也清脆地响在我心底。铁索桥依然微微地摇晃着,但我相信,只要我们的脚步有足够的执着,只要我们的心有足够的坚强,谁也一样可以稳稳当当地走到对岸,欣赏到我们想要的风景。

相约五里桥

长桥,瘦水,和风,姜草……

五里桥,为践你我之间那段浪漫的盟约,我来了,来看你了!

一

　　一下车，因惦着你那"玉梁千尺天投虹，直槛横栏翔虚空"的雄伟之姿，我顾不上品味石牌楼蘸满岁月风尘的"水国安澜"四个大字，便迫不及待地穿过隘门，孩子般冒冒失失直扑你怀抱。

　　就这样，怯怯地立于门槛上，我以我单纯的眸，打量着望也望不到尽头的你；你以你深邃的眼，无语凝视着渺若尘埃的我。目光交会的刹那间，我们都属于时间之外。我的心儿，恍惚了一下，没缘由地，涌起一抹淡淡的，淡淡的伤感，说不清是为你八百多年的古老沧桑，抑或是为那寻不回的滔滔东水……

　　风，还是南宋那一缕风，只是少了海的咸腥味。它徐徐地吹着你身边的萋萋芳草，柔柔地拂着你斑驳的身躯，轻轻地舞动我飘飘的衣袂。天空，披一袭紫灰色衣袍，遮住八月的骄阳。同行的友人说，这样的气候，最适合在这古老的桥上漫步。平日里，我是不喜这阴沉的天，它总会令人莫名其妙地感到压抑。可此时此刻，却不得不承认，也只有这般天气，才能映衬出你那古老厚重的历史气息。

二

　　轻轻地抚摸着防护栏，轻轻地踩着桥面。轻轻地，一切都那么小心翼翼，只怕，我若一用劲，会触痛你饱经风霜的肌肤。心里有点后悔自己穿如此尖的高跟鞋，每迈一步，都担心一不小心，会踩疼你，会惊扰你。其实，五里桥，你又何曾如我所想象的那般娇嫩柔弱过呢？八百多年来的风吹雨浇浪打，甚至是一六〇四年泉州湾那场八级特大地震，都没能摧毁你。我那柔柔的手，细细的鞋跟，又岂会伤到你呢？只是，我仍然愿意，愿意用

一颗最柔软的女儿心，来品读你。也许，潜意识里觉得，只有这样，才对得起你八百多年来，所承受的所有辛酸苦辣吧！

桥面、桥墩、桥栏，清一色的花岗岩石。身边一位老诗人告诉我，这些石头的家，原是对面的金门岛和大佰岛。每块石板大都是五至十一米长，四至五吨重，最重达二十五吨。看着一块块大得令人惊叹、厚得让人怀疑的石板，我仿佛穿越了时空隧道，回到那遥远的宋代，关于你的诞生，如电影镜头般，在眼前放映着：波涛汹涌的大海上，船只穿梭，一条条运着巨石的大船小船，在浪涛里颠簸起伏，历尽千难万险，终于汇集到这里。小小的我，头顶上梳着两个小巧的丫角，站在海滩头，好奇地看着家乡的人们在茫茫海面上忙碌。潮落时，人们将那一块块巨石打入海底，为尚未成形的你奠基，打墩；潮涨时，人们将那长长的石板铺在上面，把一颗悬着的心也放下。暮往朝来，风风雨雨十三年，建桥的人，换了一批又一批。而你，终于以长虹般的身姿，屹立于波浪之中。多年前，那个站在海滩张望、懵懂无知的我，早已长成婷婷女子，挽着高高的同心髻，斜插银钗，心怀喜悦地在你身上莲步轻移，看船儿在浪中扬帆，听海水在浪里歌唱……

八百载的时光轮回，我依约来看你。只是，浪没了，潮没了，涛声远逝，你由一座水上桥变成陆上桥……唯有那几池瘦瘦的湖水，陪伴在你周围，与你一起，在梦中记忆着海的模样。

我在佩服古人垒石成桥的惊人毅力和开拓精神之余，也为无法再睹海的波澜壮阔而惆怅。复又端详起这些古老的石板，疑惑地问那老诗人：这些石头，都是从南宋活到现在的吗？

诗人摇头，指着一块色泽较深的石板对我说，像这样的才是。

我稍加注意一下，哦，看出来了！那被海水爱过的石板，就如经历过铭心爱情的女子一样，注定是与众不同的。在它身上，遗留着海水或深或浅的褐色吻痕，粗糙中似乎多了几许细腻几分柔情。是否，在夜阑人静之际，它，还无眠地醒着，思念着海的味道？

想到这里,竟不忍心,再将那高高的鞋跟踩在上面,也不管淑女不淑女的,索性脱下鞋子提在手上,让柔软的脚与你作着亲密的接触,让脚心的温度去焐热你那因思念而变冷变硬的心。

三

且看且思且行,竟来到泗洲亭,在那里,遇见两尊高一点六米左右的石雕武士像。他们手执长剑,从南宋到今朝,几百年的风风雨雨,却依然不倦地守护着你,执着得令人动容! 穿过海潮庵,就是超然亭,这里是宗教旅游胜地。殿前的香炉里燃着炷炷紫色的香;袅袅的轻烟里,融入世人们多少虔诚的祈祷与美好的渴盼呢? 这一切,只有那一尊尊慈眉善目的石佛观音们才知晓。

行至此,你,才被我们走完一半。许多友人都走累了,便驻足不前,在亭台楼榭里歇息,欣赏。我和几个文友选择继续前行,去追寻你前方的风景。与刚接近你时相比,这里别有一番天地,许多钓鱼爱好者,蹲在桥两侧的青青草坪上,手握一根细长的鱼竿,将尘世间的一切纷扰置之身外,怡然自得地钓着鱼,身边放着几尾很不起眼的小鱼小虾。也许,那些钓鱼者要的,应该不是鱼儿,而是垂钓时那份出世的心情吧! 再过去,逢着一叶小小的扁舟,如游鱼般在水里泛行着。划舟的是个慈祥的老人,虽一头白发却身手敏捷。只见他捻着一根像没有分量的长竿,只轻轻地,不经心地往水里一点。这小船便"波的"轻快游起来,眨眼间就灵巧地穿过了桥洞。

垂钓者那活蹦乱跳的鱼,老人轻巧的小舟,让我耳畔不禁又潮声四起:与天相接的茫茫海面,白帆点点,一个个弄潮儿在船头撒网收网,而船尾则是满舱的鱼虾……我举目四望,却只见曾经浪涌之处,早已矗立起栋栋高楼。海,我到哪里寻你的踪迹呢?

四

不知不觉中，五里路竟被我们走完了；路的尽头，是望高楼。一座简单的两层小石楼立在那里，门上刻着"金汤永固"四个大楷。楼下的小木门紧锁着，让我登高远眺的念头成为奢望。有点失落地站在楼下，我猜测这座小石楼在古代，应该是离别的码头，不知那成千上万的离人泪，是否将望高台的石头，砸出一个个泪形的小窟窿。小楼，它是否还记得，守望者盼回自己思念的亲人时，那一幕幕含着泪带着笑的感人场面？

循原路往回走，忽然觉得，人的一生，其实就像在这桥上走路一样：前方的风景，吸引着我们一次次出发；可走到最后，却只不过是从起点到终点、从终点到起点，不停地重复着而已。边想边抬头，忽见池塘不远处，有一对可爱的鸳鸯，在幽蓝的池水里嬉戏呢喃，偶尔用小嘴轻轻地梳理一下对方的羽毛，那亲昵的样子，令人心生艳羡！池塘与池塘间夹着几个小小岛屿，岛上绿树葱葱，青草葳蕤。一群白鹭或绕树盘旋，或歇翅枝上，远远看去，如一朵朵绽放风中的白花，纯洁，美好。眼前这美如画的风景，让我失落的心里有了些许安慰，失去海的桥，有它们陪伴，也就不至于太孤单！

仿佛做了一场梦，梦醒时，我又回到"水国安澜"的门槛上。别你之前，忍不住回眸再细看你：依然是和风里的长桥、瘦水、蓑草……若说有什么不同之处，那便是，你的身上，留着两行我走过的脚印；我的心中，从此拥有一个完整的你。

思念，自此生根……

夕晖下的安平桥

一

　　真不知道该用什么样的华章典句,才能恰如其分地描述再见你时的情景。我只知道当"安平桥"三个大字透过车窗窜入双眸时,泛着红豆色泽的字眼,一下子唤起了两年来蛰伏于我心底的所有回忆……

　　清楚地记得二〇〇八年初见你那天,没有蔚蓝的天宇做你美丽的幕布,没有明媚的阳光为你披上灿烂而诗意的金缕衣,铅灰色的天空厚重得让人感到压抑。我像赴约而来的羞涩女子,怯怯地踏上你那八百多年来承载过无数人的古老石板。石板下方裸露着黑色泥土的池塘,如弃妇的眼,绝望得让人不忍逼视,也让走在桥上的我心里平添了"曾经沧海难为水"的惆怅,惆怅得泫泪欲滴。别后的日子,在沉思时在睡梦里,我总不自觉地一次又一次重温那天从你身上走过的情景,心里竟有了从未离开的感觉。古老沧桑的五里桥,你是这样的令人难以忘怀!

　　采风的车子在右侧刚刚停稳,我迫不及待地下车。饱经风霜的"水国安澜"牌楼,像个铅华褪尽的淳朴老人,以慈祥的目光亲切地招呼着我,激动地迈步欲走时,未曾想却被唤住。行程安排阻止了我的步子,今天我无法再以温暖的足心去感受你沧桑的石板,只得赶紧举起相机,拍下几张照片聊以自慰。

匆匆一瞥，我看到柔媚的夕晖温柔地依附在你身上，调皮的风轻轻拂过幽蓝的湖水，好一幅精美的油画。这画是在五大战役激昂的号角声中，在小城镇改革发展紧锣密鼓的步伐下绘成的。几个月来，人们对你周围环境进行了精心的维护治理，对湖畔的违章建筑及石材作坊进行集中拆除，对污水及时进行处理，让你身畔曾经枯瘦混浊的湖水变胖变美。丰盈的湖水如重新找回爱的弃妇，以焕然一新的面目映衬着你。此刻，她正忙着采摘绯红的夕光，美滋滋地撒在自己身上哩！调皮的秋风用手指轻轻挠了一下湖面，湖水便怕痒似的笑了起来，开心的笑声里有阳光的色泽，有阳光的暖意。此情此景，让作别两年后的我，再一次深深地为你而陶醉。其实陶醉的人又何止是我，同行的友人也正争分夺秒地站在池畔留影呢！我相信每一个靠近过你的人，都无法将你忘怀。

二

在组织者一而再地催促下，我只得恋恋不舍地上车，私下里以为这次别你，要见到你又得好些时日。未曾想，车子绕着绕着，走过另一条新开辟的宽敞道路后，又把我们带回你身畔。路尽头与你连接处，两座巨幅广告牌耸然矗立着，"一轴贯东西，一环串八区"的巨幅鸟瞰规划图，像磁吸铁砂一样紧紧地吸住了我们的眼光。大家纷纷围上去，都情不自禁地赞叹起来：正在建设中的五里桥文化公园好美呀！

知道不？安平桥，这份美属于明天的你。正因为属于你，我关注的眼光便更为热切。

站在宣传牌下，我无暇顾及淘气的秋风怎样扯去我的帽子，拂乱我的发丝；只管昂着头，睁大惊奇的眼，细细地打量着品味着图里描绘的灿烂前景。看着看着，我仿佛走进一座以城市历史文化遗产与生态湿地为主要特征的风景名胜公园。

公园外围是沥青的环湖柏油路,沿环湖路前行,我来到水国安澜入口处,牌楼的屋顶装修得焕然一新。穿过熟悉中带点陌生,古老透着新意的牌楼,我走向鹿径水云景点。轻盈地踩上蜿蜒盘旋的木栈道,缥缈的水云美景让我恍然置身仙界,怀疑自己已化身为衣袂飘飘的仙子。翩然行至鸪渚听鹂景区,我看到湖与湖之间夹着的小岛屿上,绿树葱茏,青草葳蕤。一群美丽的白鹭或绕树盘旋,或歇翅枝上。她们在属于自己的地盘里载歌载舞,优雅的身姿似摇曳的朵朵白花,清脆的歌声让人如聆天籁。在长虹碧波里,你曼妙的身姿如天桥般延伸着,碧波荡漾的湖水是你流光四溢的眸,我只在你的怀里轻轻一靠,便醉倒在你深情的双眸里不想离去……在幽静的振万园里,我见识了各种惟妙惟肖的雕刻作品;在绿野仙踪里,我寻觅着童话中的善良女巫的踪迹;然后到香海浮珠去闻草香识花色,到安平夕照里沐浴如梦似幻的夕阳。

八个景色优美却又各具特色的景区,紧紧偎依在你的四周,把占地一千〇二十五亩的五里桥文化公园装扮成无与伦比的人间天堂,让我流连忘返,让我痴迷沉醉,甚至贪心地想着幻化为湖心悠游的鱼儿,林中巧啭的鸟儿,草坪上芬芳的花朵,永远与你相依相随。

三

"桔子,帮我照张相。"友人的声音把我流连图中美景、畅想美好明天的心拉回现实。抬头,看到夕阳在山巅回眸,把广告牌后的湖水演绎成"一道残阳铺水中,半江瑟瑟半江红"的唐诗意境。湖那边的你,收起"玉梁千尺天投虹,直槛横栏翔虚空"的雄伟气势,只露出一小节的身段,俨然是个端庄秀气的女子,安静而从容。湖这头的水洼畔,一大片正值花期的芦苇花在夕晖的渲染下,闪烁着异样的紫色光芒。诗般的情,唯美的景,汇聚成一幅任何画家笔下都描绘不出的美丽夕照图,令我有种晕眩般的

失语，只能默默地用目光用镜头贪婪地攫取，把刹那变为永恒。突然想起李商隐那关于夕阳的佳句。其实，只要能拥有无限的好与美，近黄昏又何妨？今日的黄昏虽短暂，可明天还会有一个崭新的黄昏呀！

夕晖里的安平桥，是那天宇下盛装的美丽新娘子。我知道，这份美与好于你而言，将是无限且永恒的！此后，我不会再为你失去海而怅然了。

海边之约

一

新年的第一天。风，冷冰冰的，长小刺儿似的；天空，灰蒙蒙的，像在生谁的闷气；我心情的天空却是阳光明媚，温暖如春。我与家人急切地踏上前往厦门的动车，去赴一场海边之约。列车的终点站，在那风景如画的南海之滨，花正在等着我们。她带着儿子从北京飞过来。

二〇〇七年在强国博客认识花。之后，我们成了相知相惜的好姐妹。花说，我俩肯定是前世的孪生姐妹，今生投胎时一不小心走失了。花还说，有一天要来找我，然后一起去海边看浪花飞舞，听潮声高歌。我说，好！到时我们带上家里各自的小老爷，一起玩个够。约定时，心是真诚的，却也以为这约定会是遥遥无期，没想到事隔三年后就实现了。坐在车上，我心情挺激动的，应该说，这份激动已经从花说要来厦门那天就开始了；不可否认也有点淡淡的不安。毕竟是初次见面，我不知道揭开网络这层面纱，真正面对面交流时，是否会让彼此觉得生疏？当然，这小小的担心只是像划过天空的流星，一闪即逝。相比之下，我更相信我的直觉，茫茫人海里，并不是每一份相识都能一见如故的，也不是所有一见如故的人都能有着长久的信任。但这两者我们都拥有了，因此我知道，我的担心是多余的。

动车以二百五十公里的时速飞奔着。儿子是第一次坐动车，眼里装满的，是惊喜，是新奇。邻座是两位漂亮的外地姑娘，许是见儿子长得有些乖巧可爱，便时不时和他说几句话儿，逗逗他。我微笑地看着，心里却放电影似的倒放着认识花以来的一些过往。清楚地记得二〇〇七年年底，花因胃病做了手术。出院后，她所做的第一件事不是如何照顾好自己的身体，而是跑到超市里为我儿子准备了一份沉甸甸的新年礼物。第二年，又给儿子寄来了一大套《皮皮鲁和鲁西西》的童话，还有漂亮的衣服和鞋子。儿子上小学，细心的她又寄来书包、铅笔盒等学习用品。让儿子每次都开心不已地嚷着：妈妈，干妈对我可真是太好了！

去年，花听说我按揭了一套房子，知道我工资低，她不止一次在 QQ 上问我，"亲爱的，钱够不够？不够的话先从我这里拿一些过去，等你有钱时再还我。"担心我不敢说，她还特地打电话过来。虽然当时我们所有的钱只够付首付的一半，但我知道她也刚刚还完按揭，手头上并不是很宽裕，况且在那繁华地方消费水平也高，便婉言谢绝了她的这份好意。只是，她的真诚，她的热心，她的信任，却让坐在电脑这端的我，每次都感动得眼圈直发热。要知道我们虽相知相惜，却素未谋过面。这份虚拟里的真诚，这份肝胆相照的情义，该让现实生活中多少功利主义者汗颜。今年听说我在整理一本散文集，便对我说，费用不够的话，就跟她说，让她来替我分担一些。还有，在很多很多的事情上，她都想方设法，希望能帮我的忙……想起这些，我的心里又暖烘烘的；虽然动车以二百五十公里的时速在飞奔着，我却还巴望列车能再快点，好让我们早点见面。

第二辑 摇啊摇，摇到铁索桥

　　终于到站了。火车站出口处，人群如游鱼过涵洞，挤挤挨挨的，又多又杂又无序，没想到花宝贝儿竟能一眼就从人群中认出我们。只见她站在出口处的左侧举着手，激动地挥着，大声叫着儿子的名字。我拉着儿子的手，从人缝里小跑着钻过去。花笑着一把拥住儿子："宝贝，可见到你们了！"而我，拉住了跑在边上的可爱的墨宝宝。一切是那样的亲切自然，用一见如故来形容似乎嫌淡了些，倒更像是相亲相爱的一家人。那一刻，我相信我们真的是前世的姐妹。

　　说着笑着，坐进她朋友的车里。此时，厦门的天空也如我们的笑脸，阳光暖暖的，温柔地洒落在这座美丽而繁华的岛屿上。因为对这里不熟悉，我也就成不了导游。于是，便决定去逛中山街。节日里的中山街到处张灯结彩，喜气洋洋；游人如织，热闹非凡。两个小孩子一开始还愿意让我们用手拉着，没一会儿就拉不住了，高兴地在人群里钻来钻去，像两条灵活的小泥鳅；看到有趣的东西上，便凑上去，好奇地这里瞧瞧，那里看看。而两个幸福的妈妈脸上都带着开心的微笑，边说着那怎么也说不完的话儿，边紧紧地跟在他们后面。我家的"大保镖"则提着行李在后护驾，偶尔拉拉乱跑的孩子。三个大人陪他们买一模一样的软陶笔，陪他们逛地下超市买同样的玩具。逛着逛着，直到后来想去鼓浪屿时，才发现天色已晚，而花和墨宝宝穿得又不多，只得打消这个念头。

二

　　回到酒店里，两个小孩子脱掉鞋子，脱掉外衣，在床上开心地蹦着跳着，玩得不亦乐乎。

　　花忙着从行李包里掏出一块和她手上一模一样的精美名牌女表，这是她去香港旅游时买的。可爱的墨宝宝之前听说妈妈准备的见面礼是手表，也嚷着要送一块表给哥哥。于是花就给哥儿俩一人买了一块绿表带的拍拍表。相比之下，我送给花的见面礼就显得寒碜多了。但是礼轻情义重，我相信花不会在意这些的。

时间在不知不觉中悄悄流逝。两个孩子玩累了，估计肚子也开始唱起了空城计，都嚷着要吃肯德基。一看时间，竟长了翅膀似的，已经晚上七点多了。打车到厦门大学对面的肯德基餐厅吃晚饭。一路上，不管是打车或是吃饭，每次要买单时，花怎么也不肯让我付钱，细心的她，舍不得让我多花钱，让我名不副实地沾了个"地主"的光。

晚上，本打算和花住在同一酒店，好让我们姐妹俩来个共剪西窗烛，尽情地聊个够。结果却因酒店已客满，只好联系一老乡的旅馆。回住处时，考虑儿子会晕车，我们决定等公交车。无遮无拦的公交亭下，风呼呼地吹，刮在人脸上像无数的小牙齿在啃啮，我穿着厚厚的羽绒服都还冷得不停地跺脚。可花却只穿着薄薄的羊毛衫和红色马甲，其冷的程度可想而知。先生提议不如再打的回去。可是，花却怎么也不肯，她心疼儿子老是晕车会受不了，执意带着墨宝宝和我们一起等车。在寒风中，两个孩子都冷得把衣服扣得严严实实的，戴连衣帽；我冷得把手放在衣袋里，边朝公交车来的方向张望；花把马甲夹得紧紧的，风将她的头发吹得有点儿凌乱；先生一手提着袋子，到站牌旁睁大眼睛看站名。当时的情景，在我脑海里留下了很深的印象。让我只要轻轻地闭上眼，便仿佛回到了那公交亭下等车，让我每次回忆起，心里都有一股暖流在缓缓流淌着……

我们住的地方比花住的酒店早三站到。花担心居住的环境不好，会让儿子睡得不舒服，还特意跟我们中途下车，去旅馆里看了一下，直到看到那里的环境也挺整洁优雅，这才放下心来。大我不过几个月的她，像极了个大姐姐，做事是那样的细心周到，让我在感动之余，也学到了些为人处世的知识。

送花回酒店时，我们都以为三站远也不过就一公里左右；于是商量着边聊天边散步送他们回去。可儿子由于晕车再加上走太多路，实在是走

不动了，便只好作罢，让花和墨宝宝自个儿打的回去。直到第二天走了一趟，才发现这想象中的三站，至少有六公里以上。

三

第二天恰好遇上一年一度的马拉松比赛，全岛交通限行，我们跟花约好，先到酒店会合，等解禁后，再一起去鼓浪屿玩。

儿子一大早醒过来，便开始念起干妈和墨弟弟，吵着要去找他们。于是，我们一家人告别老乡，走出旅馆。我打了个电话给花，想给他们买份早餐打包过去。花刚醒来，她说酒店有早餐。我们吃了份沙县小吃便开始出发。

披着明媚的朝阳，我们沿厦门环岛路朝花居住的方向走去。少了车马喧嚣，被打扫得干干净净的环岛路躺在柔和的阳光下，让人有一种安宁的感觉。路两旁都拉上了红色的封锁线，绿化栏的红色标语旗子有序地挂在路灯杆上，夹在高大的假槟榔树中间，在微风轻拂下激荡着人心。路内外两侧，开着紫白相间的太阳伞花；花下，是为运动员们准备的湿海绵、矿泉水。穿红衣服的志愿者，穿白大褂的医生，穿警服的巡警们在路两旁安静地等待着运动员们到来。举目四望，眼前便有了一道流动的色彩。

我边走边拿着相机到处瞎拍，走一段便忍不住跑过去问一下近处的志愿者活动开始了没？好奇和急切的心情并不亚于儿子，让"大保镖"在一旁看到了，忍不住偷笑起来。终于，看到了有几辆警车呼啸着过来，旁边的人也都激动地说着：快了快了，运动员们快过来了。果然，没一会儿，就看到四五辆滑轮"嗖嗖"地飞过来。第一次见到这种滑轮，一个小轮子，一米多长的杠杆连着后面两个大大的滑轮，运动员就坐在后面这两个轮子中间，两手在滑轮外使劲地转着，我还没来得及看清楚是否有根转轴时，车子已经从眼前驶过去了。"大保镖"告诉我，那是残疾人滑轮。

那么快的速度,那么熟练的姿势,肯定是经过无数个日夜的苦练,洒下过无数的汗水和泪水才练出来的。旁边的人都激动地为他们喊加油。对面有一组老年人腰鼓队,十几个身穿红衣服的大妈把腰鼓敲得比潮声还热烈,并跳起了腰鼓舞为队员们鼓气。

激动的时刻过后,是短暂的平静。约莫过了两三分钟,就呼呼地跑过一群黑皮肤的运动员,像一大朵黑压压的云飘了过来,在我眨眼间,就又飘走了。隔几分钟后,又来了几十名运动员,这次是以黄皮肤的人居多,加油声又是一浪一浪的。当然,也有跑着跑着,就跟不上大队人马的运动员,就那样一个人在跑道上跑着。前面的人走远了,后面的人还没跟上,而他,依然朝着自己的目标以自己的速度孤独地跑着。我觉得这种人能坚持跑下去,比起那些跑在前面和跑在后面的人更需要毅力。我看着,不禁想起那句经典名言:人生是一场漫长的马拉松长跑,要到最后才能定输赢。

运动员们在进行着一场马拉松长跑,我们也在走着小马拉松。感觉走了很久很久了。运动员们也一拨拨地过去无数拨了,却还没到达我们的目的地。花来短信说她们已经从酒店出发,朝我们这个方向走来了。但我们不知道前方的路到底还有多远,只能那样不知根不知底地往前走;但因为方向明确,我相信走再远的路都会遇上的。果然,走到了台湾民俗村门口,远远地就看到花的身影。墨宝宝则是一路小跑着叫着哥哥的名字冲了过来;当哥哥的也是激动地冲过去迎接。不过才分开一夜,却仿佛是久别重逢。那份亲热劲儿让我看得都动容了。有了伴儿,两个孩子像两只兴奋的小鸟儿,跑来跑去的,都顾不上喊累了。

四

会合后,我们决定另辟蹊径,走进与花约定的那幅画里。

走下一排台阶。海,在我们面前延伸,气势磅礴,铺天盖地;浪,在我们脚下欢腾,劲头十足,不知疲倦;潮声,在我们耳边欢呼,高低交错,激昂深情……

正值涨潮,海水一浪一浪地向沙滩涌来,努力地想把海岸边的空地都揽入怀里,裸露的沙滩只剩一间客厅般的大小了。我和孩子们走过木栈道,激动地跳下石台阶,跑过去。鞋子踩在细腻松软的沙子上,踩出深浅不一的脚印。墨宝宝使劲地踩着,然后开心地嚷道:我的脚印,我的脚印!他想留下一行诗样的脚印。只是海水像个不讲道理的蛮汉,气呼呼地冲过来,大手一挥,便霸道地带走所有的脚印。也是,此刻的海滩是属于他的,只适合他挥笔洒脱地在上面作画,只适合他那细腻的泡沫在上面缠绵。他收走我们的脚印,就像老师在课堂上没收不听话孩子的玩具那般名正言顺。因此,当他气得"哗哗"地冲上来时,我们仿佛是那做错事的孩子,只有惊呼着后退的份儿了。逗留了一会儿,看到他似乎越来越急躁了,再玩下去估计他要发脾气了。心里清楚,海,正在用自己的方式向沙滩表白,作为外来者,我们只能远观而不可近扰。匆匆留个影儿,我们赶紧撤退。

离开沙滩,沿木栈道走出没几米远后,我忍不住又回头一望,天!那块客厅大的沙滩,已经被海的大手严严实实地搂在怀里了。举目远眺,海面在阳光下罩了一层轻纱似的,朦胧缥缈,如梦似幻。木栈道更是架在了海水之上。脚下的海水看上去似乎只是那么轻轻地一涌,可是触及海岸时,那温柔的力度,竟化作一股无形的力量,发出天崩地裂的声响,让人惊呼连连。激起几十米高的浪头,"啪"的一声化为千万斛晶莹剔透的珍珠,跌落回大海里;澎湃的潮声,忽像激昂壮烈的进行曲,忽又让人疑是千军万马的奔腾而来。此情此景,让我想起了苏轼的《赤壁怀古》:惊涛拍岸,卷起千堆雪。潮水是千万年前的潮水,诗句是千百年前的诗句,看潮的人却不是千百年的诗人。诗人的惊讶诗人的感慨我都有,但我无法写出名篇佳句,只能怀揣着处子般纯粹的情怀,去看浪,听涛!让浪花洁净我的眼神,让涛声洗涤我心灵上的尘埃;让我得以用一份更纯粹更从容的心态去面对生活,面对这短暂却莫测的人生。

用相机拍下几朵飞溅的浪花后,抬头,发现孩子们和"大保镖"已走到远远的前面去了;花也在我前面走着,如痴如醉地看着,惊呼着。我赶紧拿好相机快步追赶上去!

一路走过,我们的脚印,清晰留在沙滩上的,都被海水抹平了;模糊印在木栈道上的,将被后来的脚印覆盖。只是,这辽阔无垠的海水,飞溅的浪花,小小沙滩上的小小脚印,长长的木栈道上孩子们惊呼雀跃的身影,将永远定格成我心里最美的画面,永远都不会褪色淡去……

五

走过潮声澎湃的海边木栈道,我们又回到了环岛路。绕城跑一圈的运动员们正在往回跑。有个黑色的身影在眼前闪过,旁边的人都说,那是跑第一名的马拉松健儿。后面还陆陆续续跑过来运动员们的身影,步履不再如早上那么矫健有力,却依然执着笃定。十几公里的环岛路在近三个小时内跑完,考验人的,不仅仅是体力,还有毅力,以及"台上一分钟台下十年功"式的苦练。

比赛没完,交通继续封锁。我们便去租了两辆观光自行车,三人座位和两人座位的,骑着玩儿。"大保镖"带着小哥儿俩,大小三个男人在自行车上一溜排开,形成个雄赳赳气昂昂的男子车队;我和花坐一辆自行车。孩子们兴奋得两张小脸都成了红苹果,大儿子的腿相对长一点,踩起来刚刚够得着,墨宝宝显得有点儿够不着,只好使劲地扭着屁股。踩左边时,胖乎乎的小屁股就朝左边扭,踩右边时,小屁股朝右边扭。左一下右一下不停地扭着,让我不禁想起北极那摇摇晃晃的可爱小企鹅,禁不住大

笑了起来，花也笑得都快喘不过气儿来。渐渐地，哥儿俩估计踩累了，干脆不怎么踩，听任"大保镖"带着走。脚安静了，人却不肯安静下来。你看，一有运动员们过来，他们就扯开喉咙大喊加油。这下可好，清脆的童音像一首动听的歌儿，回响在马路上，把路人的目光都吸引了。大家都转过头来，看着这对可爱的哥俩笑了起来。更有摄影爱好者举起相机，对准他们"啪啪"来几下。受到关注，他们更是得意扬扬的，大有把一路的风光都抢尽的架势。孩子是这个世界上最美的天使，天使自然是人见人爱。

逛一圈回来，比赛还在继续中，鼓浪屿去不成了。我们便坐在海岸边继续听潮。哥儿俩坐在海岸边的台阶上，面对着大海，看着那些热闹的海孩子冲来冲去的，却一脸安静。花站在台阶上，对着海水，举起双手拢成喇叭状，对着翻腾不息的大海激动地喊道：大海，我来了！海水似乎听到了花的招呼，用更激动的浪花回应着，想必是在欢迎我们吧！

吃过午饭，还是没能出岛，一问，被告知交通要解禁至少得等到下午三点半。想着三点半再去鼓浪屿，回来时怕又得晚上了。孩子们又困了，便带他回老乡的旅店里小憩片刻。哥儿俩同挤在一张小床上，激动得翻来翻去睡不着，最后只好把他俩分开，没一会儿就进入了梦乡。后来，恰好老乡有车要回南安，我们决定搭老乡的车回家。儿子却磨磨蹭蹭地不肯离去，我知道他太想陪墨弟弟去鼓浪屿了。考虑留下来有诸多不便，儿子的作业又都没完成，还是决定告别花先离开厦门。

走得挺仓促的，便也顾不上离情别绪。只是当厦门岛在我的视线里越来越模糊之后，离别的伤感如浪潮般唰地涌上，溅湿了心头。开始后悔我们不该那么着急地赶回家，把花母子俩孤单地扔在那人生地不熟的地方。想着想着，眼睛止不住地发热起来，心里拼命地责怪起自己的无情，止不住又回过头朝车后窗看去，厦门，却已是觅不着影儿了。发短信过去，花说在通往鼓浪屿的轮渡上，脑海里，开始浮现出花拉着墨宝宝在轮渡上安静看海的身影，想着此次一别，也许要许多年之后才能见到面了，心里涨满了酸酸的感觉。不能自已之际，只能自我安慰，世上没有不散的筵席，幸运的是我们后会还有期。

是的，除了这海边之约以外，我们还有北京之约，还有老年之约呢。花不止一次地在聊天中策划着我们这些美好得令人向往的约定：大儿子和小儿子一起上北京的大学，一起上学，一起回家。工作后找一样漂亮的媳妇儿，兄弟俩和睦相处，孝顺父母。我跟花一起带可爱的小孙子玩；老黄和老徐一起在客厅里悠闲地下象棋……

人生虽短暂，但做个梦的时间还是绰绰有余的；而我们，也一起为梦的实现而努力着。相信，明天会更好！

一江碧绿一江水

遇见红树林，在洛阳江畔。

当娇小可爱的树木们身着碧绿纱裙，大大方方出现在我眼前时，我还是忍不住低呼了一声：红树林是绿的呀？请原谅我的孤陋寡闻，请原谅我的望文生义。我的惊呼只是因意外并不代表不喜欢。是的，我喜极了这片绿色，而且也不得不佩服起大自然的生花妙笔。假若，在这灰色的滩涂上，临风而立的，是一片红艳艳的树林，而不是富有生命力的绿；那么，退潮后的江畔，将会是一种怎样的脏与混乱呀！

站在观景台上，我面向红树林而立，目光久久沉湎在这一幅绿画里不肯移开。七十厘米左右的株高秀气小巧，细细密密的叶片缀满枝条。乍

一看，如我这般无知者，会将其当成是移居水边的幼小榕树。树下方的叶子都被海水浸润过，沾着些许泥渍，绿便显得有点老旧；而顶端没与海水亲密接触过的叶片，则像一片片绿翡翠，绿得透亮。它们大多株株相连，枝丫纵横交错，亲密无间地连成一大片一小片，仿佛是条源源不尽的绿颜料之河，从我眼底向天际不停地流着、淌着……

不远处，那片绿之上，有十几朵洁白的花骨朵点缀枝头，含苞欲放。突地，却见那花骨朵猛然绽放开来，飘上了天空，令我吃了一惊；原来，这骤然开放的花儿，是白鹭呀！绿之下，会有什么？我猜测着，肯定有快乐游逛的鱼、虾、螃蟹，抑或其他我知道不知道名字的水生物。这里，有它们喜爱的食物营养，是它们生活的乐园、栖息的天堂。绿之外，三三两两的简陋渔船，搁浅在黑灰的滩涂之上，构成一幅意境悠远的画，静默在时光的隧道里。

回望身后，昂然屹立着北宋著名的政治家、思想家、文学家、书法家，洛阳桥的建造者蔡襄的雕像，他双目炯炯，坚毅的眼神如剑般眺望着我们无法抵达的远方。九百多年前，他用长达八年的时间筹建洛阳桥。虽历尽千辛万苦，却造福了世世代代的人们，让来往的人们一踏上古老的桥板，感恩之情便油然而生。历来，所有为人类无私奉献的人，都将被世人所称道所铭记。那么这一片绿，这片素有"海岸卫士"、"海水淡化器"之美称的绿林，它们的一生，也在默默无闻地奉献着，同样也值得我们去爱护，值得我们去珍惜。

再回到红树林身边，是涨潮的午后。灰了半日的天空露出灿烂的笑容，早上干枯的滩涂溢满了海水。阳光撒落水面，满满一江的潮水镶金粉似的闪闪发亮，涟漪潋滟。曾经被搁浅的小船此时都活络了起来，海水是它们的家，回到家里自然是高兴的；尽管无人驾驭，它们依然自个儿在水上摇头晃脑，估计是在轻哼着流行歌曲吧！若不是被那绳子系着，只怕要跳着舞跟江水浪迹天涯了。一大群浅灰色的野鸭可活泼了，它们偶尔排成一队高飞,偶尔轻拍水面低翔,偶尔停在水上戏水,娇巧的身影吸引了无数摄影师欣赏的目光。而滩涂上那群大大方方着裙装的绿姑娘们,都到海水里做她们每天的功课——泡澡,只在水面挤挤挨挨地露出一簇簇绿油油的头发,留给我无尽的遐思。

诗人说:我有一所房子,面朝大海,春暖花开。此刻,望着波光粼粼的江水,望着如翡翠般浮在水面的碧绿,望着坐拥江滨那一栋栋美丽壮观的大江盛世楼房,我渴盼的目光泄露了心尖的秘密:我想要一座房子,面朝这一江碧绿一江水而居!

第二辑

摇啊摇,摇到铁索桥

一山风景一山路

第三辑

凤山古寺

　　隔着薄薄的玻璃,我朝外张望的眼神,掠过一幕幕的景与物,体验着真实景物所带来的虚幻感觉。猛然间,似有一抹火红的倩影,猝不及防地撞入我的双眸,心在瞬间被点亮成暖色的太阳。再望,却难觅芳踪。

　　待车至车场停稳,我迫不及待地走出,瞪眼细看。终于看清,那抹红,来自凤山顶那株高大的木棉树。灿笑枝头的木棉花,像极了点燃的烛火,在微风里摇曳生姿。树畔,便是气宇轩昂的千年名刹凤山寺。暮春朗朗的阳光抛出千万缕金光,织成光彩夺目的袈裟。殿顶翘脊上,有悠闲的白云悄然停驻,那是绣在袈裟上的美丽花朵。木棉、古寺、阳光、白云,大自然以最朴实的笔触勾画出最生动的场景,让我滋生几分恍惚,一下子竟分不清自己到底是在人间抑或仙境。

　　气势磅礴的"春秋"体大门就在停车场内侧,两个边门通向寺顶,正大门内是一开放式大厅。一部翻开的巨书置于大门入口处,乌金石板为材料雕刻而成,石面光滑细腻,上刻有碑文《凤山记》,描了金的文字,沐着阳光,透着灵气。大厅内壁,是栩栩如生的九龙浮雕,它们或口含夜明珠,或仰头嘶鸣,或探身俯视……九龙九姿,各不相似。左右墙有二十四幅精美壁画,图文并茂地记载着郭圣王的传说。

　　透过画面,溯着时光的河,我回到了遥远的后唐时代。九二三年二月二十二日,这是个值得纪念的日子。夜幕下的郭山村黑得伸手不见五指。

郭家却被一团瑞气笼罩得亮如白昼。有婴儿啼哭声传出,有异香盈满室内,他们的孩子出生了。这个男孩名叫郭忠福。小忠福自幼就乖巧懂事,人见人爱。一晃九年过去了,忠福也九岁了,父亲却因病不幸撒手人寰。为葬父,小忠福只好卖身为奴,成为安溪杨家的牧羊郎。他深谙寄人篱下之理,做事认真细致,待人礼貌规矩;他用心侍候杨家聘来的地理大师。小忠福在那里牧羊三年,还是没能为父安葬,只好焚父尸拾其骸骨于罐。感动于他的孝心,地理大师便告诉他杨家圈羊地可葬。处理好父亲的骨灰,母子俩离开杨家,听从大师的指点,风尘仆仆往东走。行至景色优美的凤山下时,有大雨倾盆而下,他们慌忙躲到雨亭里避雨。恰遇见一道士头戴铙钹匆匆跑来;调皮的饲牛小孩钻到牛肚底下躲雨;雨水冲刷着山坡上的红土,汇到山沟里变成红色的河流;有捕鱼人也来避雨,将捕得的鲤鱼挂在亭边的树杈上。这可把忠福乐坏了,要知道这些景象,正应了地理大师所说的"牛骑人、头戴铜、水变红、鲤鱼上树闹葱葱"的说法呀。

于是,母子俩落足于此,他们靠给乡人当长工度日。闲时,小忠福会砍些柴卖钱补贴家用,对母亲更是体贴入微。有时主人家给忠福一点吃的,他必留着带回来与母亲共尝。寒来暑往,十六岁的忠福长成虎头虎脑的帅小伙子。八月二十二这天,天气出奇的好,阳光明媚,云淡风轻。忠福到山上放牛。牛儿安静地在山上吃草,忠福爬到树上去掰干树枝,他想多捡些柴回家,好换米回家煮给娘吃。掰了一阵子,忠福已是累得气喘吁吁。他已经好多天没好好吃点东西了,肚子饿得咕咕叫,头也有点发晕,看到树中央有数条茄吊藤纵横交结,像极了靠背椅。就想坐到上面休息一下再回家吧!未曾想,这一坐,就没再走下来。闻讯赶来的郭母伤心欲绝,伸出手去拉下他的左脚,想唤她的爱儿回家……

光阴似箭,转眼千年。凤山在千年轮回中苍翠依旧,阳光也依然如千年前那般灿烂,风儿依然如千年前那样轻拂着。当年忠福放的牛,当时劝慰郭母的乡人们,都湮没在岁月的烟尘里。唯有郭忠福,永远活在人们心

中,被人们用香火供奉着。他的孝行,成为乡人们的精神食粮,代代流传。

自传说中回到现实,沿一百四十四级云梯,我向山顶的大殿攀登,心里盈满朝拜的虔诚。台阶尽头,那株木棉树清清楚楚地呈现在眼前。枝丫间,花朵不多,可每一朵都那么红,连擦身而过的风都被抹红了,我注视着的目光也染上了红意,甚至连呼吸都成了花的颜色。

寺院大殿就坐落于木棉树的右边。寺院不是千年之前,也不是百年之前的寺院。古老的寺院在动乱年代里被铲为废墟,在人们心头留下一块大大的伤疤。但没什么能阻止得了世人对真,对善,对忠,对孝的向往与尊崇。动乱过后,废墟之上又有了这一座比以前更宏伟,更壮观的寺院。正殿,太妃殿,大雄宝殿在阳光下金碧辉煌。透过这些建筑,可以看出宗教经过千年融合,已达到和谐共处。

站在郭圣王大殿前,只见香烟缭绕中,圣王端坐殿中接受世人的朝拜,目光炯炯,面如满月,英姿飒爽。关于他成圣后的种种传说令我顿生感慨。都说忠孝难两全,郭圣王为人时尽孝,成仙后不但尽孝且尽忠。每年八月,他都要亲临安溪杨宅边的太王太妃陵祭拜父母,尽孝心。他护佑苍生,为善信们祛病除苦;他化作身骑白马的白衣少年,替南宋皇室灭火;他爱乡保民,显灵诱敌灭倭寇;他感于南宋理宗皇帝孝心,化身为太后治病;他屡建丰功伟绩,得到历代皇帝封爵,累积封号为"威镇忠应孚惠威武英烈保安广泽尊王";他显灵海内外,香火远传至港澳台及东南亚各国,计有庙宇三百多座……

"大孝为神,广泽天下;万代封侯,千古流芳"。我默念这对联,且不论这传说的虚实,单单为这份感人的忠与孝,就足令我燃上心香,叩拜再叩拜了。

离开时,凤山文化研究会黄会长送我们至门口,指着那株木棉树说,这花怒放时真是美呢,好似得了仙人的灵气。记得木棉的别名叫英雄树,郭圣工不正是人们心目中那尽忠尽孝的英雄吗?不禁又朝火红的花朵投去敬佩的目光,我看花,花看我。我发现,每朵花,都在讲述着古寺的过往;每朵花,都用着热烈的眼神,勾住我的衣角,让我久久不愿离去。

一山风景一山静

单位后面有座白云山,白云山上有座白云寺。近水楼台先得月,风景就在身边,怎能不去观赏?而每次上山,又总流连于山之色、沉湎于山之静,而忘返。

初冬的某个午后,与好友相约,由我当导游,再访白云寺。出发时,天空阴着一张脸,似有人以碳素笔描过。择这般天气出游,似乎不合时宜。但这碍不到游兴正浓的我们,雇上摩托,兴致勃勃地上山。

摩托车载着我们,一路颠簸,翻山越岭。二十几分钟后,终抵达山中。下车,我以热切的眼神打量山,山以幽静的姿态欢迎我。有清新的空气夹着山的气息树的绿意迎面扑来,我陶醉地闭上眼,贪婪地呼吸着。同行的友人亦举目四望,连连轻叹:这山,真静啊!

山,是静极了!静至大虚。让你忍不住怀疑眼前面对的,是一座空了的山,是一幅静止不动的画。看!满山绿树,尽是悄然而立。风,似乎把这里给遗忘了,也不来与树叶嬉戏。鲜花绿草们,娴静地躲在自己的角落,不张扬不喧哗。偶尔,有不知名的小虫儿,藏在看不见的草丛里,淘气地发几声梦般的呓语;还有栖息树上的小鸟,躲在叶的深处,弹几句清脆的天籁。这才惊觉,有花草树木,鸣虫飞鸟,古寺轻烟的深山,怎会是空

山呢？

　　沿弯曲幽径，下小土坡，穿过宽阔的停车场，来到秀气古朴的白云寺前。这座闽南古厝式建筑风格的寺庙，始建于北宋，原名为碧云寺，曾遭人为破坏，几经修缮，终得以留存。此刻，她正偎依在白云山温暖宽阔的怀里，安详地做着甜美的梦。大有沉睡千年，不肯轻易醒来之势。

　　庙前是一方院子，外沿以灌木为墙，种有茶花树、万年青、圣诞红等绿化树。虽然已是初冬时节，但南方本无冬意。树墙以墨绿为底色，绿得养眼。茶花树、圣诞红的枝头繁花似锦。最喜那娇嫩的白茶花，白得如此艳冶。当我看着她时，她也纯纯地看着我，直看得我的眼神也跟着变温柔，心似乎也跟着变纯洁了。那一刻心里突然间涌起一份冲动，想就此融化在白茶花纯净的眼里；或者，化作那只恋花的蝶儿，与之不离不弃地厮守着。

　　前行，穿过花圃，跨过灰石板铺就的院落，就到庙的正殿。游过不少寺庙，所到之处，皆是梵音袅袅，可这里没有，唯有殿前香炉里紫烟缭绕，如梦似幻；殿中观音菩萨双手合十，淡然俯视芸芸众生。庙里管事的，是几位慈祥的老人家，说话做事，都轻轻悄悄的，仿佛怕扰了观音菩萨。殿的左侧，是一栋两层的小木楼，那是尼姑们居住的地方。此刻，房门紧闭，想必她们都下山化缘抑或云游四方去了吧！这一切，更添寺庙的清静。

　　寺庙右侧的小屋，是李贽当年的书室。传说少年李贽家境困窘，经常受到叔父李章田的接济关心，叔父对他又有过继之意，自然是疼爱有加。李贽少时曾在三堡胭脂巷读过书，帮叔父劳动，有空儿时就常到这里看书。走到小屋前，两扇古老的木门紧闭，黑色的门板似两位历尽沧桑的老人。我抬头打量，满眼的敬意。忽地，却闻那门"吱"的一声开了，走出来的，是位书生，一身瘦骨，白衣长衫，手握泛黄书卷。他笑问我们从何而来，山外是什么朝代？我正欲作答，才发现柴门依然紧闭，铜锁依然挂在上面。而同行的陈大哥正立于门前，俯身作侧耳聆听势，举手作轻敲木门状。那动作，那姿势，大有"小扣柴扉久不开"之憾。物是人非，小屋虽在，主人早已作古；但他那先进的思想与见地，穿越浩渺的历史烟云，至今依旧闪烁着智慧的光芒。小屋不会忘记他，世人更不会遗忘他。

"走吧，我们到山顶去！"友人的招呼打断我的思绪。遂驱步上前，沿庙右侧洁白如玉的石阶拾级而上。山顶那座琉璃瓦八角亭，在树的缝隙中隐隐约约，静候着我们光顾呢。站在亭里眺望，视野之中，远山无心地苍茫着，近树悠然地耸立着，芦苇花妩媚地绽放着。无法描述的宁静，在天地之间流淌。身置其境，我那在尘世里几经浮沉、躁动不安的心，瞬间回归宁静。当然，受这份静感染的，不止我一人。平日里爱说爱笑的陈大哥，此刻也变得斯斯文文的，说话真可谓温柔加亲切；而仙子般的月姐姐更是不用说了，轻声细语的，连掏摄像机的动作也是轻悄悄的。此刻，我们只是这山中安静而虔诚的朝拜者，是被这山的静掏空心魂的人。满心满眼唯有静的山静的树静的寺庙。人间烟火离我们很远，世俗杂事在我们身后淡去。若不是这亭子在，若不是那有一搭没一搭的话语儿轻声提醒。我甚至怀疑自己已融化为山里的一块岩石，树上的一片绿叶，芦苇秆上的一朵飞絮……

一山风景一山静，怎么享受都是不够。直至暮色悄悄合拢，才惊觉天色已晚，又到离别时。别山之际，我问山：可否不回到红尘？可否任我们长住山中，以松花酿酒，春水煎茶？山回答我：你是过客，不是归人。我只能恋恋地撷几缕山魂藏心中，携一身俗骨，与友人不舍地离去。

此后，山若不恼我，就由我来恼山吧！白云山，白云寺，我会再来的！

雨中漫游香草世界

没走近你之前,只知道你叫天柱山。天柱,顾名思义,应该是一根通向天庭的柱子。想必能配得上如此雄伟如此男性化字眼的山峰,应该是既高又险。高处会不胜寒吗? 我在心里暗暗揣测着。

那一天,与文友们相约,沿一条云中的路,驶向你。那盘盘旋旋的山路,令人滋生出一份走也走不到尽头的错觉。终于来到你的庭前了,这时才知道在你的怀抱里,竟然还暗藏着一个自然风景区,它有个很诗意很女性化的名字——香草世界。一看这名字,顿感眼前似有虚虚实实的香味,伸出无数双纤纤细手来牵引着。迫不及待地驶入你的怀抱,一下车,便有细密的雨点纷纷坠下。虽然我平日最听不得的是雨声,那"滴滴答答"的声音总会在不经意间触动那伤感的情怀;却始终相信,隔着一层雨意看你,将会是别有一番风景。

香草世界,让我撑开那把粉红色小伞,隔着珠子般的雨帘细细地读你吧!

人说有山的地方必有寺庙,你自然不例外。天柱岩,静静地傍在深山的怀抱里,在千年古树的掩映下,香烟缭绕,伴着烟雾溢出的还有那袅袅的梵音。这如神曲仙乐般的旋律,柔柔地把我那被雨丝扰乱的心绪理清,世间的所有纷纷扰扰,牵牵绊绊在瞬间变得很轻很淡,突然间有种脱去泥胎羽化成仙的感觉。

伴着那纯净的梵音,伴着那细密的雨点,我们继续在你的天地中款款前行。在庙的左侧,便见识到真正的香草世界了。美国的雪松,像一个个微微发胖的武士严肃地屹立在那里;加拿大的红枫静静伫立雨中,如一个个着朱红色纱裙的邻家小女孩;樱桃已长得比我还高了,虽无果,但那翠翠的绿非常养眼。不过,最牵引我眼神的,要数那白中带粉的樱花。此时已过樱花怒放的时节了,一朵朵花儿像浓妆艳抹刚演完戏的女子,妆虽未卸却也未补,只倦倦地立在那里,在谢与未谢之间,憔悴地醒着,有几分落寞,有几许无奈。更叫人心疼的是那经不起雨点敲打而坠地的花瓣,一瓣一瓣寂寞地躺在那黏糊糊湿漉漉的泥土上。我心痛地看着它们,不禁想,此刻手中若有花锄,定会将它们细细收起,然后为它们筑一个小小的花坟。可惜的是,我赤手空拳而来,幽幽地叹了口气,忽地又为自己的多愁而自嘲,不是说落红成泥更护花吗?况且它们已经灿烂过了。

继续前行吧!忽闻隐隐约约的香气夹着湿气扑鼻而来,友人指着路边告诉我,那一路开放着米粒般大小的紫花是薰衣草。薰衣草这可是我的最爱,家中的衣橱里,它从来都是必不可少的。我遂靠近它,希望更亲密地接近它,却发现那香气竟然淘气地躲开我,让我怎么也闻不着了。想必它也是怕羞了吧!

雨点越来越粗了,但这并不会令我们的游兴受阻。漫游在你的世界里,我们就像是一个个误入仙界的凡人,满心满眼都是好奇。在铺天盖地的雨线中,我们缓缓地爬上那五百多级的好汉坡,穿过观景台,走向你的最高点万寿石巅。那石巅,细看起来像极了一尊悠闲地卧在那里看天的佛。据说在这里许愿挺灵的,但我不许愿,对于生活,我从不敢奢求太多。我只想走到你的最高点,去体验一下那高处不胜寒的境界,感受一点上面的灵气,看看能不能顺手采撷几朵白云带回凡间去。

那陡峭的山路,让我觅到了一份登高的快感。到达峰顶时,世界就这样被我踩在了脚下,高处,原来并没有想象中那么寒。抬头看看天,感觉

它似乎就在头顶,触手可及;放眼寻找白云,却发现它们变低了,跑到那些矮小的山头去了,终究是采不到的。低头,却意外发现这巅上的石缝里绽放着一株开满白色小花的植物,此时的它正用那纯洁的眼神娴静地看着我们。我默默地注视着,怀疑它已经汲取天地之精华,修炼成仙了。也许在夜里,它会幻化成一袭白衣的仙女,在这山巅用古筝弹奏出勾人心魂的音乐吧!

正寻思着,友人提醒我该下山了。贪婪地吸了几口清新的空气,挥挥手,小心翼翼地沿着那陡峭的山路走下。

按原路返回观景台,只见好汉坡的另一面有小道自林间辟开,顺着小道一路走去。闻得鸟声滴滴如雨,滤过叶缝,轻轻地钻入耳膜,让你终于深深体会到了闻鸟语方知山静的意境。边走边享受着,却发现,在这山的最深处,竟然还珍藏着一个湖,这湖叫天池。据说每一个湖,都是风景中最美丽、最有表情的景色,望着它的人,可以量出自己的天性的深浅。那么,天柱山,天池应该是你怀中最有灵性的一景吧!我静静立在湖边,隔着淡淡的雨凝眸湖水。虽正值春天,但湖水似乎瘦了一点;调皮的小雨点欢快地亲吻着水面,那吻痕化作一个个的水波,荡漾开来竟如湖水的一个个笑纹。看着看着,竟渴盼自己是那小雨点,从此溶入湖中……

即使再流连忘返,也终有返回的时刻。转眼就到了该离开你的时候了!虽想从此赖在你怀里听风看云,沾染点香气仙气灵气,哪怕是化作一滴雨一缕雾一株草一片叶子也好;但那一身俗骨却告诉我,我的落脚之处在红尘,在这充满灵性的风景里,我只能是过客。

隔着浓雾恋恋地再细看你几眼,既然无法留下,那么就容我把你装在心里带走吧!此后,你将是我心中挥之不去的风景。

深山古寺

玳瑁山，海拔六百六十米，南安东北部最高的山。山中幽深秀丽，委纡起伏，远眺状似一顶巨大的帽子。千年古刹灵应寺，国家三A级旅游景点，就藏于这座钟灵毓秀的大山深处。

乍暖还寒的四月天，与好友相约，上山游览。车过山门，S形公路宛如缠绵于高山妙曼腰身的玉带，引得车轮子亦步亦趋地追随。绕过一个又一个山弯，车缓缓地驶向山深处。我隔窗举目四顾，想看出些许山的面目，探寻几缕寺的影踪。却只见道旁古木参天，虬曲恣意；树下青草拔节，翠色欲流；林中矮灌烂漫，野花缤纷。"人间四月芳菲尽，山寺桃花始盛开"。此时的玳瑁山，正是春天最绚丽的舞台。

停车前行，入眼的是飞檐翘脊的护界亭，苍劲茂密的古榕树，古朴喜气的红砖旧山门……各种景物汇聚在一起，构成一幅意境深远的山水画卷。身临此境，长期沉积、纠结于我心底的郁与浊，瞬间遁形，身心似刚沐浴过般通畅神爽。

迈过正大门，就着齐整的台阶拾级而上。台阶尽头，曲径通幽，爬坡拐弯，一方放生池显露眼前。驻足池边，我的目光滑过池壁"放生池"三个大字，落在静默的水面上。幽幽的池水，如佛慈善的眼，眼波柔柔地看着众生，承映着辽阔的苍穹。池中，五彩的金鱼怡然自得地游弋，憨态可掬的乌龟在探头。不禁想起一首偈诗："万物伤亡总痛情，虽然虫蚁亦贪

生。一般性命天生就，吩咐儿童莫看轻。"脑海里随即浮现不久前于网上看到的"虐猫事件"，想起那只被踩在高跟鞋下的可怜无辜小猫，心不禁生出几分凄然，再小的生物，也是一条生命啊！我们又怎可以肆意地恃强凌弱呢？想来，这放生池，不仅仅该存在于寺院内，更该安放在每个人的内心深处，让人人心中皆有一颗慈护之心，让社会成为一个美好和谐的"放生国"。

几声招呼，断了我的思绪，怀着几许感慨，向前走进天王殿。殿是一九九九年落成的，两侧护有金碧辉煌的钟楼。传说中规模宏大的灵应寺，在明末清初时遭兵毁，被一把无情的大火化为灰烬。不能不感慨：寺庙的命运与人的命运是何等相似，都必须经历一番是是非非、坎坎坷坷，才能换来现世的安稳平和。

毗邻天王殿的，是灵应祖师的真身殿。殿外，一樽大而圆的铜香炉里，燃着三炷奇大无比的高香；不远处的金亭，香火不断。袅袅轻烟，寄托着多少善男信女对未来美好生活的向往啊！

虽久闻灵应寺之名，但有关寺的传说，我知道的并不多。恰好寺里一位精神矍铄的老人，为我们作了相关介绍。传闻灵应寺原名紫帽岩，始建于后唐九二四年。清道光乙未年，因连年旱灾，武荣知县梁韵清到寺里来祈雨，即应验，遂改名为灵应寺。近代高僧弘一法师曾到此栖隐半年，留下许多珍贵的墨宝。老人的介绍，加深了我对寺庙的了解。有关祖师渡溪飞笠、行鞭赶瓮、立石朝天、坐化茄吊藤、真身劫难等传说，更添古寺的内涵与神秘。听罢，我似有所悟，能成为世人心中之神，让世人顶礼膜拜的偶像，必是那为民谋利的高大英雄，或真心向善的邻家楷模。

离开真身殿，沿一径柔婉轻盈的小石路，一步步走向后山。深山多奇木。修长的猪乳树，高大的樱桃树，挺拔的松柏，以及那叫不出名字的树木……目之所及，比比皆是。更有千年古杜杉巍然屹立，高耸入云，如一把擎天巨伞，令我们惊叹不已。满山的树，渲染着鹅黄、浅绿、深绿，明快里夹着凝重。途中，不时有鸟语滤过叶缝，声声入耳，似清亮的音符自琴键上响起，似晶莹的露珠从叶尖滑落，似光洁的珍珠在玉盘中滚动。葱茏的树，大自然的歌者，丰满了深山的神韵，让我仿若置身于仙境，闻仙乐，身心缥缈而且空灵。

不知不觉前行复前行，忽觉眼前豁然开朗。这里是另一朝圣地——大雄宝殿，殿前大庭十分开阔，分散着许多大小不一的花圃，植花种草，美不胜收。放眼埕外，近处的苦楝树上繁花似锦，惹得蜂飞蝶舞；远处是重峦叠嶂，泛着浓浓岚气。殿内外富丽堂皇，镶金描银，美轮美奂。距宝殿数十米远的深山处，有一尊巨大的洁白石雕滴水观音像。慈眉善目的雕像屹立于翠树绿屏之中，似腾空而出。凝望神情安然娴静的石像，我不禁惊叹能工巧匠用技之巧妙，竟能将人内心的淡定处世，与仙人超然仙境的神情和意念融合为一。或许在匠人心中，人神只有一步之遥吧！

远离喧嚣尘世，走进深山古寺。在深山的怀抱里，聆听天籁；在古寺的前生今世里，领悟禅意。我的心铅华褪尽，变得清净平和。

坐饮香茶忆茶农

植根深山，非为归隐，亦不曾张扬，依然家喻户晓，名传天下。这便是茶，融隐者之宁静而无隐者之清高，雅俗共赏；我觉得称其为名士，是再恰当不过了。

欲晴还阴的八月底，我怀着拜访名士的虔诚，走进向往已久的中国茶

业第一镇——感德镇。车子一路翻山越岭,沿蜿蜒盘旋的公路拐过一个又一个弯,向云端深处攀登。蛇形的水泥路,让我一下子想起那首耳熟能详的《山路十八弯》。其实,它不仅和歌词里描绘的山路相似,和我老家那名为"十八弯"的山路更是如出一辙,让我时不时产生错觉,以为是走在回家的路上,熟悉而亲切的感觉也随之油然而生。

张望顾盼中,只感觉似乎拐过很多道弯,翻过了许多座山,车子终于在一处较平坦的地方停下来。我以为已抵达山顶,迫不及待地下车,不想抬头一看,才发现我们依然置身于茶山深处,身后,是望不到顶的巍巍青山,青青茶园。举目远眺,只见群山连绵,峰峦叠翠,高高的山尖云雾缭绕,似一幅意境深远的水墨画。低头看脚下,我突然失语,真不知道该用什么样的词语,才能恰如其分地描绘出眼前的景象。但见路的下方,是大大小小的山头;矮胖的馒头山也好,陡峭的斧劈山也好,都被一畦一畦的梯田围绕着,每一畦梯田就是一道柔和的线条,依山势层层缠绕,迤迤上升,直至山顶才画上句号,组成一个令人震撼的梯田世界。

层层叠叠的梯田,便是我心中名士的家园。凝望着它们,我心里突地生出许多感慨。这样的一座座山若在别处,定是被荒草杂树所占据,成为飞禽走兽们的地盘,可在这里,却成了茶农们的杰作。它们好比一块块巨大的画布,茶农们是那勤劳的画师,年复一年,日复一日,不辞辛劳地挥舞着手中的锄头当橡皮当画笔,擦去山上的荒草杂树,画出的是清一色的图案——梯田和茶树。一弯弯梯田,一株株茶树,从山脚到山顶,从这座山到那座山,星罗棋布,数不胜数。每一块梯田,都注入了一代代茶农坚忍的意志;每一株茶树,都凝聚着茶农们无数的心血与汗水;每一片新叶,都寄托着茶农们沉甸甸的希望。

此时并不是采茶的季节。茶山上,没有背茶篓戴斗笠的身影在茶树旁巧手翻飞;山路上,也没有茶商云集车来车往的繁华热闹。天地之间,唯有漫山遍野的茶树守着静默的青山,唯有未经烤制过的茶香在空气中弥漫。偶尔传来一两声清脆的鸟鸣声，把这里的静寂演绎到了极致。也许，茶叶所带给品茶人的那份宁静，就是在此中孕育出来的。我久久地凝望这片"无论平地与山尖，无限风光尽被占"的神奇土地，心里止不住涌起一阵阵的敬意，为这一株株朴素静默的茶树，更为那些把荒野变成宝库的茶农们。是他们，让茶踩着大自然的梯子，一步一步走向人间，走进品茶人的生活，滋养着品茶人的心灵。

令我略感意外的是茶株高度，与我想象中相差甚远。我以为，在这个盛产茶叶的世界里，茶树丛至少应有半人高，围成一堵堵绿意盎然的茶墙，像武士般雄赳赳气昂昂才对。可是，怎么也想不到它们却是这般矮小，大多十到二十来厘米高，远远看去，像一棵棵青菜似的。站在泥土上，谦卑得犹如一个个听话乖巧的小孩，安分地守着贫瘠的红土地，把自己长成小家碧玉的模样。朋友说，现在提倡品种改良，茶树一般长到四五年就得砍掉，再重新种植，这些大多是新苗。我恍然大悟，蹲下身，轻轻触摸着脚边那丛翠绿的茶树，顺手拈起一片茶叶，小巧的叶片躺在手心，散发的淡香让我想起一个名字，农业的鼻祖神农。几千年之前，神农就是被这香气所吸引。当时，他为帮百姓摆脱疾苦病痛，不惜走遍深山野岭，在采药时尝到有毒的青草，幸好那几片从树上飘落下散发着淡淡清香的叶子引起了他的注意，让他破解了体内的毒性。从此，神农的药书里多了一味药——荼，这荼便是茶的前生。时光一页页翻过，当年带给神农惊喜的茶，将这份惊喜延续了数千年。茶树，就那样沿着岁月之河，从上古年代一直走到今天，成为人们生活中离不开的七件事之一，给人类带来了无穷的乐趣。而神农那善良勤劳的秉性，也随着茶叶，在茶农们身上绵延不断地传承着……

在山中逛了大半日后，我们走进一家古香古色的名茶馆品茶。茶馆的装修处处都体现着茶文化，柔美动听的古筝音乐如山泉般流淌着，泡茶的女子是茶艺学校出身，泡茶的姿势自是优雅有范。只见她动作优美地

将一小包色泽黑润如铁、外形曲卷紧结的铁观音倒入白瓷杯中，轻提水壶，注入滚烫的开水。茶叶顿时在开水里上下翻飞，香气随着热气溢满室内，清澈的水也在瞬间变成匀称的金黄色泽。在如此幽雅的茶馆里，我们不由自主地跟着变得文质彬彬的，学优雅地轻轻一抿，淡淡的香味随即沁透五脏六腑，再饮，顿觉神清气爽，长途跋涉所带来的疲惫在瞬间消失殆尽。细细品味中，熟悉的铁观音味道在心头弥漫，让我想起在老家的屋后，也有两三棵铁观音茶树，奶奶曾将那一片片红嫩的叶子采摘下来，手工制成香香的茶叶，很金贵地藏在暗处，待到贵客来时，才拿出来品尝；而我也曾好奇地缠着要一杯来尝尝，当甘甜滑润的液体注入体内时，我才明白奶奶为什么视这些茶叶为宝。铁观音这三个字就是从那时开始走入我脑海里，只是我不懂这茶叶为啥叫观音，还配了个硬生生的"铁"字。

拉回纷飞的思绪，边品香茗，边聆听泡茶女子娓娓动听地讲述有关铁观音的传说。一千多年前，有个叫魏荫的人，在夜里做了个梦，梦见观音告诉他"赐你摇钱树一株，采之不尽，用之不完，但需传福人间，造福万民"。醒后，他来到梦里观音指示的地点，果然觅着一株长相奇特的茶树：红心、嫩芽、圆叶、歪尾，叶片上带着露珠，在阳光下闪烁着耀眼的光芒。他欣喜地采好茶叶带回家，经过细心的晒青、摇青、炒制、手揉、烘干等道道工序，制成的干茶色泽砂绿，乌油滑润，兰花般的香气沁人心脾；冲泡后汤色金黄，品之口留余香。魏荫如获至宝，开始对此茶进行移植。因其茶是观音梦中指点而获，且最初移植于铁鼎中，故称之为铁观音。

曾经的疑惑在传说中得到了解答。从神农氏的茶，到魏荫的铁观音，看似一株平常的植物，却有如此精彩的古老传说，可见茶从一发现开始，就在人们心中占着举足轻重的分量。只是不管传说如何演变，那芳香四溢雅俗共赏的茶，最终都是被善良的茶农们发现的，都是在吃苦耐劳的茶农人们手下，在坚实的泥土地里成长起来的。每一片经过日晒火炙而成为名士的茶叶，也都是茶农们用辛勤的汗水浇灌出来的。那茶的芳香里，因浸染了茶农们朴素坚韧的性格,注入了茶农们对美好生活的向往与追求,更添了无穷的韵味。想到这里,我不禁又端起茶杯,满怀敬意地呷上一口,一恍惚,发现金黄的茶水中映照出一座座的茶山,在那个梯田的世界里,绿油油的茶叶轻轻地随风摇曳;头戴斗笠的茶农们,正在绿叶间挥汗如雨,他们瘦弱的身影如高山般伟岸!

漫笔杨梅山

久居红尘闹市,难免心浮气躁。择个周末,与好友相约,暂抛红尘去,偕游钟灵毓秀的杨梅山。

车刚启动,淅淅沥沥的春雨便敲起细密的鼓点。氤氲的雾气,模糊了车窗遮住了视线。我用手指轻拭玻璃,欲将沿途的美景撷入眼底。可调皮的雾气好似故意跟我作对,我刚用手擦去一点点,它马上又攀附过来,我再拭,它再附,仿佛说:你急什么,前方美景多着呢,到时让你目不暇接! 我只得按捺下急切的心情,断了隔窗远眺的念想。与友人聊着天,不知不觉也就到了山上。

雪峰美景

车子穿过由赵朴初大师题名的山门,来到巍峨壮观的寺院旁。一下车,有新鲜的绿意迎面扑来,纷飞的雨丝仿佛也被染绿。雪峰寺,这座高

僧名人辈出、经历千年风雨沧桑的古刹,青山为背,绿树为屏,在雨中如此安然恬静,似乎沉浸于古老的梦里。沿水泥小道,我们走向寺院的南大门。但见门外一方洗心池,池内种有高洁的莲花;池壁上"松风水月"四个鲜红的大字,在我眼前幻化为画意诗情的美景:池中明月如玉,散发着淡淡的清辉;耳畔微风拂松林,奏响沙沙的绿曲。心,在瞬间被洗心池涤过似的,澄澈空灵,不再有一丝半缕的俗世杂念。

虔诚地步入金碧辉煌的寺院,流连于错落有序的院内,不禁为其规模之庞大而惊叹。而所到之处,不管正殿或偏殿,殿门之上,都挂有一方刻着鎏金大字的匾额。据说,它们均出自宋以来历代高僧名人的笔墨真迹。由此可想见,寺院的历史之悠久,知名度之高。当我们参观完寺院后,春雨竟悄悄地收起密集的雨脚。淡淡的雾气似轻纱,把远山近树点缀得缥缥缈缈,令人疑是置身蓬莱仙境,五内浊气俱空,身心飘然欲仙。

顺寺院左侧台阶,我们的足迹开始踏向各个景点。边走边看,我不禁惊诧于雪峰寺景点之多:禅意弥漫的放生池,翠竹掩映的晚晴亭,香烟袅袅的太虚洞,庄严肃穆的舍利塔,威风霸气的虎啸石……每处景点,都有美丽动人的传说,苍老的摩崖石刻,在不经意间唤起我心底的缕缕思古幽情。

往太虚洞时,须经过一片茶园。小憩于茶园旁边的石头上,我望着一株株依山而立、绿意盎然的茶树,忽地想起茶的来源:传说菩提达摩面壁九年时,求悟心切,夜不合眼。因过度疲倦,眼皮沉重得撑不开,他毅然把眼皮撕下来,扔在地上。地上随即长出一株矮树,叶形如眼,边缘锯齿如睫。弟子困顿,采一叶咀嚼,顿觉精神百倍。细看茶叶,果真片片如翠绿的眼皮。移步太虚洞前,似有幽幽茶香沁入心脾。想必法师们当年在洞中参禅时,也曾以禅茶醒神悟道吧!如今,高人虽远去,但关于他们的传说,却如永远绽绿的茶园,活在人们的心中!

离开太虚洞,沿虎啸石回到寺内。游兴正浓的我们,继续走向杨梅山另一佛教景点——慧泉寺。慧泉寺始建于唐代太和年间,隐匿在半山腰。距雪峰寺有一公里,被当地人称为杨梅山一尖。我暗自揣测,那里不过是座小寺庙罢了。未曾想,除了寺庙,却是别有一番天地,似非人间。

山中偶遇

一弯绿树掩映的缠绵小径,牵引着我们的脚步,向山深处攀去。一汪浅浅的山泉,温顺娴静地依着小径向下流淌着,蹑手蹑脚地,似怕扰了山的清梦。倒是那不知名的小鸟们,不管不顾地唱着婉转的曲儿,清脆的声音虽娇滴滴的,却任性地霸占了整座山林。

行至中途,忽见一身着茶色僧服,五十开外的法师,躬身在路旁捡石块。我很是纳闷,遂往前一看,原来不远处,有个淘气的小溪,不听话地从路的低处逃逸,将一大段山路浸淫得面目全非。人踩过去,若不小心,定会弄湿鞋子。那上面,已铺好五块平整干净的垫脚石。我看着在边上忙碌的法师,弯腰替他拾起置于地面的雨伞,踩着刚铺好的石头,安然走过湿地。有暖流漫过心头:多少人,路过这里时,只顾着小心翼翼地择路,好让鞋子不被溅湿,何曾想过要为他人和自己,铺一程干燥的路呢。可是法师想到了。法师在度己,亦在度他人啊!

"哇,好美的橘子花!"前面似有谁在惊叹!我不由得加快步伐,迎面撞上一大片绿得发黑的橘子林。同行的摄影师们,正对着镜头贪婪地捕捉花的倩影。薄唇娇眼的花儿,似一抹抹纯情的魂儿,含羞带涩缀满枝头。我急急靠近,轻握花枝,竟沾得花香满衣。香甜的橘子常吃着,只是不知道它的花,美得这般清秀,香得如此浓烈。透过那一树树繁花,我仿佛看到丰收的秋天,满园的橘子树上,热热闹闹地挂满小灯笼,圆溜溜、红通通的,惹人爱。那时,满树迷人的花香,将化作醉人的果香,诱得观者垂涎欲滴。春天,真是个孕育希望的好季节。

慧泉悟禅

在橘子花香的陪伴下,我们不知又爬了多久。只觉得腿开始发酸,汗开始往外冒,终于来到慧泉寺。寺庙的建筑面积不大,古朴的墙、黑灰的瓦,像一幅素淡的写意画;虽不及雪峰寺那般宏伟壮观,却也来得清静幽雅。寺庙左侧是长寿桥,过桥是座木制的仿古阁楼。阁楼过去,又见一座佛缘桥,桥那端是一眼清泉,名为恒心泉。估计山脚那条小溪流,就是源自于此。我不禁俯身掬一捧清泉入口,愿这恒心能永驻心头。

再过去已无路,遂往回走。没走多远,又被友人引着,钻过一条羊肠般小径。小径辟开丛林,树根纵横交错于窄窄的路面,让你怀疑误入古老的原始森林。头顶着遮天的密叶,磕磕碰碰往前钻十几米远,眼前顿时豁然开朗。好一处幽静的景中景啊!在一平坦地面,建有精致的亭台楼阁,站在阁楼眺望,山下美景尽收眼底。而旁边一对夫妻树,更是引得我们无比艳羡:男松挺拔修长,给人顶天立地之感;女栲则柔柔地偎依在旁,令人不能不联想到温顺妩媚。树上挂满情人物品,想必游至此处的爱侣们,用这方式寄托"执子之手,与子偕老"的美好夙愿。其实,人有时是不如树的。这夫妻树可以相厮相守自始至终,人却不见得能如它们矢情不移。也因此,世人才会对恒久的爱,永远存向往之心。

循原路回雪峰寺时,路过一巨石洞,友人说那叫化仙洞。我好奇走近一看,却见洞内有条小而窄的幽径,恰好容一人过。爬上去,洞中有洞。上面的石洞约莫六平方米左右,洞内摆放一块木桌子,几条长木椅,供奉着一尊神佛。洞内侧和左侧是石壁,右侧有一通向外界的木门。洞顶石与石的交界处,是一碗口大小的天眼,天光从那里泄入,如高悬的明灯。令我惊讶的是,眼前的洞主人,竟是那位搬石铺路的法师。交谈中,得知法师在这石洞面壁,以青灯古佛为伴,经书禅意为友。友人欲为之拍照,他却执意不肯。而在我们离开之前，他忙翻出藏于箱底的红皮经书，一人赠送一本，要我们携于身上，保平安避邪气。看着面露淡淡笑容赠书的法师，我终于明白何谓佛家的菩提心！

带着敬意和感动告别法师，回到雪峰寺用过斋饭后，又到该下山时。辞山之前，我止不住留恋地环顾四周：再见，千年古刹！再见，深林鸟语！再见，杨梅山！请容我把你们的美，摄入记忆的底片；然后，携一颗菩提心，归去……

三生石上悟禅

煦暖的冬阳，泼洒下万顷金光，将万物映衬得透明发亮。我与友人相携来到莲花峰一块石头上，接受阳光无私的馈赠。石头高大，石面宽阔，虽不是在山巅，但人往上一站，眼前无遮无拦，视野非常开阔，山下的景色一览无遗。

南安古郡丰州就在山脚下。居高临下，小镇被暖暖的阳光笼罩着，如女子般娴静美好。婉约的晋江采来阳光做丝线，织成闪闪发亮的丝巾，柔顺地披在她肩上；洁白的鸽群，在她头顶盘旋轻舞，如朵朵白花串成美丽的头饰，一忽儿戴在左边，一忽儿又移到右边；怎么看，都显得纯洁秀气。历史悠久的不老亭，就在巨石内侧，与我们相距不过咫尺。亭畔，梵音袅袅，低吟浅唱的音律，让人闻之心清气静。亭内，香烟缭绕，供品满桌。同来的善友们进进出出，或在龛前焚香许愿，或在桌前顶礼膜拜，还有站在亭柱旁

揣摩那些发人深省的对联。我虽没进去,但我知道,此时此刻,佛祖正以慈悲的情怀,大爱的眼神,微笑地注视着我们,注视尘世间万物苍生。

就在我侧对石亭坐下时,无意中转头发现左侧亭子里立着一块石碑,碑上刻着三个朱红大字"三生石",心下一惊,原来,我们就坐在三生石上啊!难怪我看这石头时,隐隐觉得它与众不同。遂想起李源与惠林寺住持富泽禅师历经两世,依然谨守约定,在分别十三年后,于三生石上匆匆一见,因缘分未到,又不得不各奔东西的感人故事。耳畔响起那首缠绵悱恻的《三生石》"今生的我还在读前世诀别的那纸书,手握传世的信物,可你身在何处……"心下有几分凄然。看着陪在身边的好友,熟悉的脸上挂着和阳光一样温暖的笑容,想起最初相识时的一见如故,想起相识后彼此的牵挂与疼惜。不禁突发奇想,我与友人或许也是三生前就定下盟约,要不为何今生得以相识,又有缘同坐在三生石上呢,心里随即盈满了幸福。原来,有些悲与喜,只是在一转念之间。

坐在三生石上,在梵音的洗礼中,我们的话题,竟不知不觉转到禅上来。友人虽未入佛门,但佛友不少,平时耳濡目染,对佛学多多少少有点了解。她说,佛教云人生八苦,即是:生老病死苦、爱别离苦、怨憎会苦、求不得苦、五阴炽盛苦。生老病死由不得我们做主,但爱别离、怨憎会、求不得苦,是可以由我们心境的悟性而改变。很相爱的人,却不能长相厮守,心情自是苦不堪言;不爱的人,却又不得不朝夕相守,这定是煎熬人心;想要的东西却得不到,免不了要郁郁寡欢。可是,我们若看得破,放得下,退一步,换个角度去看待:每一次别离时,就幸福地怀想下次的相聚;不得不与不爱的人相守时,能用一种慈悲的情怀去待之;把得失看成过眼烟云。这些所谓的苦,自会淡为无形。

可是,身为凡夫俗子,难就难在于当苦降临时,能做到看得破,放得下。就像我与友人,一样痴迷文字,连做梦都希望能在原有水平上更进一步,只是梦想与现实总在遥遥相望,远得像牛郎与织女中间的那条银河,怎么跨越都是徒劳。于是,失落裹着伤感,如雨点滴滴湿透心房。潮湿的心田沉甸甸的,阳光照不进去,风儿吹拂不干。我们在求不得之苦里徘徊,纠结,忘了写文字的本意,是为了让自己在写作中体验人生的另一种快意……就那样,在灿灿的阳光下,我们絮絮叨叨地倾诉曾经郁积在各自内心深处的彷徨。讲到最后,都说这求不得之苦,其实是我们给自己套上的枷锁,换个角度去理解,枷锁自然而然就打开了。诚如友人所言,一篇好文章就像人与人之间的缘分一样,也是可遇而不可求。缘分到了,文字自然会从笔端像泉水一样汩汩流出;若是没缘分,你把自己急坏了都没用。想透了,心便复归平静,不急也不躁了……

在这个阳光暖得足以醉人的晌午,在与友人轻声细语的倾诉中,纠缠我心里许久的结缓缓解开了。对于我所喜欢的,我犹有能力去求,本身已是一种幸福,我又何必苦苦执着于求的结果呢。

释然回首看亭内,隐隐觉得佛祖正以慈悲的目光暖暖注视着我。刹时,我的心,如照耀在石亭寺上的阳光,圆融通透;如亭前的三生石,从容淡定。

行走的风景

——重游天柱山杂记

在路上

车子带着我们穿过喧嚣的市区,驶向天柱山香草世界。

天柱山又叫万寿山,位于南安市西北部蓬华镇境内,海拔一千零三十三点五米。"一柱参天戴九重,千峰俯地拜万寿"便是其写照。去年曾参加过一次文学采风活动。这次再访,故地重游让我会老朋友似的,心里倒是少了新奇的期盼。只是去年离开时,我怎么也想不到今朝会有缘再见。想想,人生真是变幻莫测,什么时候会走哪条路,走的是老路或新路,我们都无从预知。

上山前,曾在那里工作过的同事开玩笑提醒,最好裹上棉被再去,因为山上冷时会下雪。而临行前又收到主办方的温馨短信,提醒山上温度比市区低三四度,切记带足防寒衣物。刚好这几天又遇上今冬的第一次寒流,吓得我赶紧穿上长筒靴,翻出衣橱里那件加了棉的大衣,把自己裹成胖乎乎的球。心想:有了这套行装,真的碰上下雪也不怕,还可以赏赏雪景,到雪中玩个尽兴,多好!

一路上,窗外是冷飕飕的气流在肆虐,天阴得有点压抑,似乎被谁用灰色蜡笔涂抹过。车内倒是挺暖和的,许是人多,再加上窗户都关得紧紧的，我那件大衣便多余了。挑个靠窗的位置坐下，看着窗外的树啊、人啊、楼房啊，如放电影般一幕幕往后退。没一会儿，车子就进入泉三高速公路。公路两旁，要么是黛色的山，要么是或稀疏或稠密的人家，怎么看，都是一幅幅生动的风景写意画。特别是钻过山洞，驶至南安地带时，每一座山的怀抱里，都藏着一个村庄，大的豪放，小的秀气。一栋栋高低错落的平顶房子，建在山脚下较为平坦的地势里。清一色的灰白水泥板屋顶，代替了曾经灰瓦尖脊的古朴农家小屋。看着那一簇簇的建筑物，我忽地想起种花生时，要将田整成一畦畦，然后挖一个一个的坑眼，在里面放上一小撮花生。若是从高空看下来，这些山凹一定像极了种花生的坑，而山坳里的村庄，不就像极了坑里的花生。想着想着，自己就忍不住笑了起来；笑过后，不能不感慨人的生命力之顽强，随便在哪个地方一住，都能像植物那样落地生根，繁衍生息。你看，村庄旁的田野里，那一片片金黄的稻浪，一畦畦绿意流淌的青菜，还有在荒地里啃草的牛儿，在草丛里觅食的鸡鸭，无一不是我们人类生存史上，与大自然较量的杰作。

车子疾速前行，我的思绪也在飞速运转着。不一会儿，竟到了天柱山下的蓬华小镇。穿过小镇，车子开始驶上那条几欲攀向云端的弯曲山路。单车道的水泥路面承载着一辆大巴，让人想到高空杂技表演，心虚虚脚软软的。特别是二百七十度的拐弯，让车内的几个女同胞们止不住地惊呼起来，想来她们是第一次看到如此弯的山路吧！

窗外似曾相识的风景，让我止不住地忆起去年上山的情景。当时正值三月，惆怅的春雨淅淅沥沥伴行，浓浓的雨雾遮去了前方的真面目。路旁隐约可见几丛红艳艳的杜鹃花，雨雾为它们披上一层朦胧的轻纱，美得有些虚幻。而当时的我，心境如春雨般潮湿惆怅，莫名的伤感如潮湿的雾，无法抑制地附在心头，挥之不去，驱之不走。此后短而漫长的二十个月，源自于生命深处的迷惘一次又一次地困扰着我，在希望与绝望中挣扎着，内心深处似乎经历了一番生死沉浮的痛楚。再次踏上旧路，我不禁诧异

于自己竟能让心海波澜不惊,也无风雨也无晴。是否,一年多的历练,让我在无奈的现实中变得迟钝?或者我已经学会了淡定与从容?还是这一切的平静,只不过是暂时的假象?

一缕袅袅梵音飘进耳内,掐断我纷飞的思绪。抬头一看,才发现车子已经驶到天柱岩庭前。

山居

站在平地上,我打量着周围的环境。有着七百多年历史的古刹天柱岩静蕰于烟雨中,金碧辉煌,雕梁画栋。郁郁葱葱的参天大树,以亘古不变的姿态守护着古刹。许是初冬,再加上雨天,游人寥寥无几。忽地一下子冒出一大群人来,让这个沉睡着的世界,一下子热闹非凡。

我们拎起行李,在车子护送下,走向别墅区。别墅区建在离古刹三公里远的半山腰,位于山中之眼天池左上方。车在天池旁停下,沿那一小排小石阶拾级而上,只见三三两两的房子,半遮半掩地散落在山腰平坦处,似一个个害羞腼腆的小姑娘。两人房和单人房只有一层,而我们居住的三人房别墅,在高一点的山坡上,是一栋二层楼的小楼房。楼不大也不华丽,雪白干净的墙壁,红琉璃瓦屋檐,简简单单的造型,平实,朴素。通往二楼的楼梯安放在大门外,镂花的铁扶手透露出一份古香古色的艺术美。踏入一楼的大门,映入眼帘的是堵围墙砌成的屏风,上面挂着一张西欧骑士的油画像。绕过屏风就是厅堂,穿堂而过,是狭长的走廊,沿走廊一溜排开的,便是游客们休息的房间。房间也不大,十几平方米,并排三张床,一桌,一柜,一茶几,一壁挂电视。简陋的摆设,跟印象中富丽堂皇,盛气凌人的别墅相差远了些,却多了几分农家小屋般的亲切,温馨。

庭前有一开阔的平台,被辟成小花圃,两边种满月季花。虽是初冬,月季却依然无所顾忌地着花枝头,大红的,粉红的,纯白的,嫩黄的,争相绽放。含苞欲放的花骨朵，头顶晶莹剔透的雨珠，努力地鼓着它的小腮帮，激动地期待着绽放的喜悦；开得正艳的花儿是花丛中的骄者，她们如风华正茂的少女，灿烂逼人，掩藏不住的骄傲与妩媚流露在花瓣，雨珠落在花心，都染上了花香；而那开过谢过的花朵，显得有些静寂、落寞，因不堪雨点的侵袭而憔悴。这些花，添了小楼的诗意。立于平台上，宁静的景让人有"采菊东篱下，悠然见南山"的淡泊与从容。

楼房最外围，是十几米高的青松，青翠茂密，生机勃勃。挺拔的松干，细长的松针，褐的皮，绿的叶，围成高耸的栅栏，成了小楼的天然屏风。若不是走到庭前，任你怎样地上看，下看，左看，右看，都没办法看清楼房的真面目。有风轻轻吹过，松枝便轻轻摇曳，洒落大大小小的雨珠，发出"沙沙"的细响，似在欢迎我们的到来。

在这远离喧嚣尘世的山中，置身于绿树与鲜花的世界里，我的心似泉水般纯净透明。今夜，我将成为这山中的主人，即使没有好梦相伴，也将睡得很香很甜。

篝火晚会

未出发之前，事先了解了活动议程，当"篝火晚会"四字及耳时，我马上联想到少数民族聚会场景：一群身着华服的人儿，手拉着手，围着一堆熊熊燃烧的柴火，欢歌载舞。虽然一遇热闹场面，我会因怯场而失语，但那温暖而浪漫的画面，依然让我心存向往。

享用过物美味鲜的农家晚餐后，天已拉上夜的窗帘。我们准备去体验农家乐趣，磨些豆浆回来当篝火晚会的饮料。走出暖融融的餐厅，山风夹着细雾迎面而来，像无数双冷冰冰的小手。轻轻一呼，便有白烟自口中冒出。只是，心中藏着温暖，再冷也是不怕的。就着朦胧的路灯，我们兴致勃勃地走过樱花林荫小道。在这不属于樱花的季节里，去岁与今春的

花魂,已是无法寻觅。褪去绿袍的樱树,在黑暗中伸着光秃秃的枝丫,像极了一双双瘦骨嶙峋的手,沧桑,孤寂。幸好,属于它的春天马上就要到来了。

路的尽头是观景台,此刻已被夜之手严严实实地搂在怀里。山脚下,那连绵起伏的梯田,那传说中仙人对弈的棋盘,自是无处观瞻。距观景台十来米的地方,在路的左侧,另辟一山道。顺山道走下去,是一座长亭子,这就是农家庄园。里面摆放着的,是一些现在已经不常见的农具:用来筛稻谷的木制"风谷车",舂米的巨大石槽,三台大石磨,几件有点破旧的蓑衣等。看着这些渐渐退出生活舞台,对我来说依然熟悉无比的物品,我仿佛回到了少女时代,回到了那个遥远而僻静的小山村里,在帮母亲做农活。当时的感觉很辛苦,可是隔着十几年的岁月之河回头望,倒品出了别样的温馨。它们仿佛都是我的老朋友,亲切无比。

大家都聚在石磨旁,迫不及待地想体验磨豆浆的乐趣。一大群人,把三台石磨围得密密实实,你三下我五下地磨了起来。石磨随即吱吱呀呀地唱起歌,牛奶般洁白的豆浆,在歌声中沿转动的石盘汩汩地流着。大家的笑声,穿破了山中的寂静,驱走了身畔的寒冷。不一会儿,一大桶豆浆就磨好了。

我们离开农家庄园。

我期待的篝火晚会就要开始了。晚会地点设在会议室,偌大的一间房子,依墙排起三排桌子,在雪白的桌布遮盖下,成一条条直线。剩下的一面是主席台,放电视机和音响设备。尽管没有我想象中的篝火,但房里有暖而辉煌的灯光,有服务生送来的热气腾腾的豆浆、香喷喷的烤翅、烤地瓜、烤羊肉串。端起豆浆,轻轻品一口,温润的感觉淌满心房。石磨磨的豆浆就是不一样,香浓细腻,一点渣都没有。

晚会主持人是协会秘书长,热情豪爽的老杨同志。晚会以抽奖为主线,中间穿插一些节目表演。虽然没事先排练,但即兴发挥也令人酣畅淋漓。你看，那个理短发的大姐，优雅地跳起舞来，柔美的舞步，大方从容的神情，惹得大家掌声不断，令我不禁暗暗惊羡！还有自称长得像韩红的大姐，把一首《相逢是首歌》唱得如此深情，让我忍不住想起山脚下，喧嚣都市里那喜欢这首歌的好友，想起人生中一些不期而遇却美丽的相逢，有无法言说的感动，暖透心底。每个节目之后，主持人都会来几句幽默风趣的语言，逗得大伙儿哈哈大笑。在笑声中，陌生感所带来的拘谨消失殆尽，仿佛我们不是初次会面，而是相识多年。

抽奖活动是从三等奖抽起的。我竟然意外地获得了个三等奖，打破了从未得过奖的抽奖历史。而抽到一等奖的朋友们，更是惊叫连连，连那些没得奖的朋友，都被他们那激动的情绪感染了。

轻松浪漫的晚会，在一曲男女声二重唱《难忘今宵》中落幕。我们意犹未尽地离开会议室，回到那宁静的山中别墅。生命里从此多了一幕温暖的回忆。

我在雾中行走

远离车马喧嚣的夜，暖融融的被窝，让我一着床，便坠入香浓的梦乡。一觉醒来，窗外已铺满晨光。我赶紧起床，穿戴好，拿起相机，推开门。

呀！好大的一场雾。雄伟的山不见了，高大的建筑物藏起来了，幽幽的湖水也隐起来了。世界，被严严实实裹在里面。放眼望去，天地之间只有一种色彩——白，茫茫的一片白，无边无际。我简直要怀疑，我们住的地方，在昨夜掉进了雾的窟窿里。唯一看得清楚的，仅仅是庭前这块小花圃。雾，继续延伸着它细腻的触角，多情地想把庭前的我，也揽入怀中。我索性也不躲它，大方地走到庭子边沿迎接。未曾想这般主动，倒是把雾给吓着了。你瞧，我进一步，它便退一步，我再进，它就躲到树梢上去，甚至跑到了对面的山头去。我不禁乐了！原来这霸气任性的雾，竟也有害

羞的时候啊！举起相机，按下快门，抓住树梢后和对面山头的雾，藏在我的相机里。心里想：嘿！你躲得了我，却躲不了我的相机。一看，才发现，留住的只是它的影，留不住它的魂。就像强留不爱的人在你身边一样，留得住的只是人，留不住他的心。转身，回花圃，瞥见那带露的花朵，正对我妩媚地打着招呼。遂蹲下身，对着它们摆弄起相机。待起身时，却瞧见刚才被我吓退的雾，如那百折不挠的人，又不甘心地跑回来了，且是呼朋引伴地来，一团连着一团，比适才看到的雾更多，更浓。

迎着这缥缈洁白的雾，我离开别墅区，到山林中转悠起来。这山中，似乎只有我跟雾两个。真有其他人的话，也被雾柔而大的手给藏起来了。别人看不见我，我也见不到别人。庞大的雾，在树林间无声行走，四周静寂得仿佛回到鸿蒙初开时刻。似曾相识的情景，让我回到了记忆里的故乡。那里，一年四季都能见到雾，春雾潮湿，夏雾多彩，秋雾洁白，冬雾缥缈。它们会跑到我家门前，以湿湿的手，轻扣那扇古旧乌黑的木板，把整面门板濡得湿漉漉的。儿时，对这看不清、摸不着的东西，总怀着莫名的恐惧，担心在那团看不透的白色里，会趁我不注意时，跳出一只妖怪或是巨兽，啊呜一口把我抓走。因此，一逢着这种天气，若是没人陪着，打死我，都不敢出门去。只是离家后，这样浓的雾倒成了梦中的景。再见时，少了儿时的怕，更添了几分亲切。

"沙沙……"突地，似有千军万马在身边跑动，让我吃了一惊。细辨，原来是一阵急躁的风穿过树林，撕破了这份宁静。在风的巨手推动下，轻飘飘的雾似被催眠似的，失去了抵抗力，跟着跑开了。这时，近树变得清晰了，远山也可窥见依稀的轮廓。只是风儿一过，雾又迅速地聚集在一起，在我眼前不停息地缭绕，蒸腾，翻滚。

我在雾中，以随心所欲的方式，安静穿行；走着走着，似乎也化作了其中的一缕，缥缈，柔软……

留连山中

用过早餐,天地间依然是一张雾蒙蒙的脸。

我们的足迹,在晨雾中走遍天柱山的各个景点。

圆形的仿古碉堡城高大雄伟,刚建好尚未投入使用。沿楼梯往上走,可看到楼中间那巨大锥形圆顶,像安放了个巨大的椰子在里面。到碉堡顶端,风呼呼袭来,将我的发丝撩拨得纷纷扬扬。放眼而去,君临天下的感觉在心中荡漾!

往回走,路过山凹,有一处休闲游乐区。那里的秋千架、平衡木、攀爬网、吊环等活动器械,唤醒大家沉睡已久的童心。一大群成年人在这里荡荡秋千,到那里走走平衡木。而更多的人,则聚集在攀爬网前,看两位四十多岁的同行比赛攀爬。他们的身手虽未及小孩般敏捷,手脚却依然麻利。只是爬到最后一级时,两个人都试了好几次。终于在观者的掌声与鼓励声中,爬至顶端。霎时,叫好声与欢笑声响彻林越。生活的不易与尘世的种种是非在笑声中远离,身心在大自然里得到了洗礼,我们仿佛都回到无忧无虑的孩提时代。

放松之后,继续沿林中小道,走向素有天柱之称的万寿山。雾在林间蒸腾着,路边的树叶上挂满了水珠儿,似颗颗晶莹的心。风掠过,它们便簌簌地往下落。走至好汉坡顶时,熟悉的情景,我又情不自禁地忆起初见天柱山时,那场大得足以淋湿衣服的雨。当一朵朵伞花绽放在雨中时,我不知道是我的思绪淋湿了雨,还是雨淋湿了我的思绪。今日再见,依旧是烟雨蒙蒙,突然间,有首缠绵悱恻的歌在心底幽幽响起:"第一次偶然相逢,烟正蒙蒙,雨正蒙蒙;第二次偶然相逢,烟又蒙蒙,雨又蒙蒙……"烟雨蒙蒙,蒙蒙烟雨,想必,这便是我与天柱山之间的缘分吧!

胡思乱想之际,已到万寿山跟前。景区考虑到游客安全,为陡峭如天

梯的石壁砌上了石阶,外沿加了铁栏杆扶手。拾级而上,脚不软,心不颤,顺畅得不像在爬山。舒服是舒服了,心里却总觉得失落了什么似的。或许,相比之下,我更喜欢自然天成,不加雕饰的东西;虽然它曾经使我爬得心惊胆战,唯有那样,才算得上是真正的爬山呀!

轻而易举地,就到了一览众山小的顶峰。云雾在脚下迷漫着,让我恍然间有种不知身在何方的迷惘。如果说刚才在碉堡里有着君临天下的快感,如今站在这里四处瞭望,当雾慢慢跑到山腰去时,天大地大的景象,渺如尘埃便是我此时的心境。在大自然面前,我们这具凡身肉体,远不及山巅的一粒小石子,一株草,一缕雾。石可以地老天荒,草可以生生不息,雾可以缭缭绕绕周而复始。而我们却只能是过客,匆匆地来,匆匆地去,于天柱山如此,对这个世界亦然!

这不,稍稍驻足片刻,我们又得离开了!

回到红尘

走下万寿巅,用过午膳,带着行囊离开时,湿湿的雾仍淘气地捂住山的眉眼。

下山时,许是逛累了,困了,说话的人也少了。大家都懒懒地倚着靠背,任由车子摇着晃着;渐渐地,不少人打起了瞌睡。

我在中途下车,转乘另一辆班车回家。踏上班车,车内刚好播放一首缠绵的闽南语情歌,无形中将车内的气氛渲染得有些低沉伤感。有乘客上车,不知为啥跟司机吵吵嚷嚷的。许是受音乐感染和嘈杂环境的影响,我突然有种自仙境坠入红尘的错觉。静静地坐在车上,望着周围的人和事,竟有些无所适从,心底里熟悉的伤感又在一瞬间席卷而来:那些未能践行的诺言、那些未能实现的愿望;那些希望改变却无能力去改变的事儿、那些渴望得到却又永远得不到的东西……原以为自己已学会了淡定,变得从容。到末了才知道，人，终究是江山易改，本性难移。眼眶止不住地发热，凄凄然地望着窗外一幕一幕飞逝而去的景象，树，房子，花，草，行人……一切真实而又虚幻。心里，忍不住想着，要是能再回到山上去，长此住在山上，不问红尘世事，多好！却明白，那只能是一种奢想。

直到车子离熟悉的家越来越近时，心情才渐渐平息下来。生活，在继续着……

第三辑 —山风景—山静

第四辑

流动的花海

流动的花海

　　好一片流动的花海！

　　白花苞，红花苞，黄花苞；白的花，红的花，紫的花；真花，仿真花……一串串，一层层，一朵朵，在缠缠绕绕的发髻周围，密密匝匝地含苞、绽放、争奇斗艳。每一个擦肩而过的身影，都是一座瑰丽的花园在移动，都有一阵妙曼的花香在弥漫。让你的眼，不经意地就被一道色彩之河吸引；让你的嗅觉，在或淡或浓的花香里兴奋。

　　这便是令我魂牵梦绕的蟳埔女！早在四年前，我就渴盼着，有天能走进美丽的渔村，一睹其风采。四年来，我一次次在作家深情优美的文字里，在摄影师精心捕捉的画面里，温习着她们的美丽。四年里，我无数次告诉自己，得找个时间去蟳埔看看。只是，有时候，想法与行动，总隔着一道深得难以跨越的沟壑。虽曾有过两次走进的机会，一次是朋友相约，一次是出差路过。那两次，只需我下定决心，抛下俗事，迈动脚步，踏上公共汽车，我就能体验到闽南三大女之一的魅力。可是两次都被我错过。也许，潜意识里觉得，与心仪的对象相见，不该是这般寻常的会晤，而应择个特别的日子才好！

　　就像此行，恰逢妈祖生日。妈祖是海神，是讨海人心中的信仰与精神支柱。每年，古老的渔村都要举行盛大的踩街游行活动，表达对大海的敬仰，祈求妈祖庇护来年"讨海"平安顺利。在这传统习俗的大好日子里走进蟳埔，圆心中那个梦，场面之隆重，可想而知。

锣鼓喧天，礼炮轰鸣，汇聚成激动人心的节日交响曲，在空气中荡漾。喜庆的拱门一道挨着一道，从渔村路口延伸到家家户户门前。热闹的巡香踩街活动即将拉开序幕。蟳埔女是这场盛事的主角。就像一直以来她们在家里充当的角色一样。平日里，柔弱的双肩撑起的那半边天，不仅跟男人所撑的一样沉，而且还来得烦琐。男人一心一意出海打鱼，而她们除了生儿育女，除了做家务，还得负责挑上沉沉的鱼担出门，走街串巷地吆喝，用男人辛苦劳动获得的成果，换取一家人的幸福生活。如果说，男人是幕后英雄，那她们则是出头露面的台上英雄。就像在这喜气昂扬的节日里，男人们只是在笔挺的西装上，简单地系朵红花，一如往常那般内敛、素朴。而她们，则个个神采飞扬，穿最鲜艳的服饰，梳最美的发髻，插最娇艳的花朵，把自己打扮成一朵花的模样。那么多的花儿，聚集在那里，摩肩接踵，宽阔的公路成了一片花海，一片会流动的花海，一片芳香四溢的花海。

我知道，她们不只是在节日里，才如此打扮自己。寻常日子里，她们一样精心地打理自己的"花园头"。曾经看过相关文字，说她们之所以把头发挽成这样，是为了在海边劳作时，不受发丝干扰。只是，我觉得这仅是其中的一个原因。繁重的生活担子，琐碎的杂事，都没能改变她们对这份美的钟情与向往，应该另有缘由。我想象着勤劳善良的女子，着大裾衫、宽脚裤，顶着美丽的簪花围，在灰蒙蒙的海滩上劳作，等着亲人打鱼归来的情形，情不自禁地赋予自己感性的想法。或许，她们在头上插那么美那么多的花，是为了迎接在海上与风浪搏斗的亲人。好让他们返航时，无论满载与否，都能看到，岸边有娇美的鲜花，还有如鲜花般美好的人儿，在等待他们平安归来。那小小的花园头，那衣袂飘飘的柔弱身影，是大海边最美的色彩，最感人的画面，是满满的温情，是浓浓的爱，抚慰着那颗远航归来疲惫的心，点亮了那双困倦的眼……

　　我简直要认定，这才是她们把自己装扮得如此美丽的初衷。想到这里，我不禁有些激动，回过神来欣赏那美丽的身影，却见浩浩荡荡的巡香队伍已从对面缓缓走来。礼炮开道，妈祖坐的金銮，由一群身强力壮的年轻人簇拥抬着前行。紧随其后的，便是蟳埔女踩街队伍。她们抬着大红牌匾，举着大红匾，一脸虔诚地走来。火一样热烈的牌匾上，写满打鱼人的祈祷。对于整日出没于风波里、靠讨海为生的人们来说，再也没有比风调雨顺、满载而归更令人称心了。她们挑着满担的鱼虾蟹等海产品，长龙般走过来。每一个浸润着茶米油盐的日子，正是那一条条鱼，一尾尾虾、一只只螃蟹，撑起渔家人生活的全部。她们挑着宫廷式四角灯笼、圆形的大红灯笼，娉婷地走来。美丽的百合花开在灯笼上，散发着淡淡的清香。那花，那精致的灯笼，应该是象征着人们对百年好合，添丁发财的向往与追求。她们还挑着堆得像小富士山似的水果担，晃悠悠地走来。人寿年丰，这是多少平民老百姓的心愿。她们敲着小鼓，跳着腰鼓舞，袅袅而来。鼓声是对过去平安日子的喝彩，对未来日子的鼓舞与祈盼。不挑不扛不跳舞的蟳埔女们，则执香举旗，或跟在队伍后面，或站在马路旁，把祈祷的目光，投向前行的队伍……

　　三十多支的踩街队伍，像一拨又一拨的浪潮，从我眼前缤纷地涌过。我拿着相机，如一只小蜜蜂飞进繁花似锦的世界里，激动万分，忙碌不已。顾得了这座美丽的花园，却错过了那一座。追赶另外一座花园，又有更美的花园在瞳孔里晃动，真有点应接不暇了。我索性停止拍摄，站到高处的绿化带边上，用目光去追随。却只是那么放眼一望，又被成百上千座"花园头"汇成的盛大场面震撼住了。霎时觉得，再美的词汇，用在这片流动的花海里，都将黯然失色。而我，只有傻傻地看着，只有惊叹，只有陶醉的份儿了！

　　透过这片花海，我看到了渔村人的生活如花似锦地绽放，幸福似迷人的花香在空气中流淌！

蚵壳厝与老人

　　"哐当、哐当"，一阵铜锣声从小巷深处飘来。声音越来越响亮，随即，飘飘的彩旗出现了，近了。一小支由男人组成的巡香队伍，出现在小巷那头。扛旗的，敲锣的，一个紧跟着一个，井然有序地走过古老的蚵壳厝，走过新建的渔家小楼，走过我们的身边，又渐渐地远去。不一会儿，彩旗与锣声一起消失在了拐角处。小巷里，只剩我们这些外来者，还有安静流淌的阳光。

　　巷里人家门前，都摆着一香案，案上供奉着素洁的鲜花，新鲜的果蔬，三炷高香在香炉里静静燃烧，如那些默默许下的心愿，缭绕蒸腾，最后化为虚无。巡香队伍走后，屋前屋后几乎难见到人影。今天是妈祖生日，村民们都到公路上巡香庆祝去了，村里堪称万人空巷。只是我觉得，在这样静美的时刻，去检读那简陋的小巷，古老的蚵壳厝，是再合适不过的。

　　阳光，纯粹得看不见一丝半缕杂质，薄膜似的覆在灰白的蚵壳墙壁上，古老的墙壁仿佛年轻了好几岁。四百多年的风雨侵袭，让许多不再住人的蚵壳墙壁坍塌，甚至消失。残存的断壁静默在阳光里，思念着曾经的屋顶，思念曾经弥漫在屋檐下的欢歌笑语。墙身依附着杂乱的枯藤，兀自寂寥地垂挂着；墙头那几簇翠绿的野草，自是不问人间冷暖，只顾着在属于自己的季节里欣然地随风摇曳。墙的残缺，藤的沧桑，草的翠绿，组成了阳光下那幅意境深远的画。尚还住人家的蚵壳厝，许是因了主人的爱

护与修缮,也因了主人的活力与生气的滋养,依然完好地屹立在那里,尽职地为人们遮风挡雨。巷拐弯处,几大堆灰白的蛎壳,小山似的堆在墙脚下。硕大的壳体既厚又宽,长度甚至超过一个成人的脚印,与本地的小海砺比起来,简直是庞然大物,让人一眼就看得出它们的与众不同。

我轻轻地抚摸着粗糙的蛎壳,那坚硬的质地碰触到我的指尖,竟莫名地唤起我内心深处柔软的思绪。凝神注视,我听到它们在轻轻诉说古老的往事。

宋末元初,这座三面临海的小渔村港头,人头攒动,热闹非凡。搬运工们扛着精美的丝绸,精致的瓷器,一件件地往商船上装。在汽笛的长鸣声中,船帆扬起,商船徐徐驶向一望无际的海面,开始了风浪兼程的长途跋涉。几日几夜的漂泊,商船驶过南洋,经印度洋、非洲东岸到达北岸。凝聚着国人勤劳与智慧的货物,出现在异地的码头,赢来无数惊异赞叹的目光。返航时,不载货的船成了个空壳,空得海风只需小小喘个气儿,那船身便筛豆子似的摇晃起来。聪明的船员看到散落在海边的大蛎壳,不禁眼睛一亮,搬一些到船上压舱。有了蛎壳的船,行驶起来果然平稳了许多。又是几个日夜的漂泊,终于平安回到了故乡,蛎壳的使命至此告一段落。船员们把它们堆放在蟳埔海边。这些漂洋过海的蛎壳,又像最初那样,待在人们遗忘的角落里。偶尔也会有三三两两的小孩,在这海边玩耍时,会拿起来硕大的壳体当玩具;但更多时候,则是安静地堆积在那里。寒来暑往,日子被一页页翻走,蛎壳一船一船地堆积在那里,都快与美丽的鹧鸪山一样高了。

元末明初,这方美丽富饶的土地,成了倭寇们眼中的香饽饽。贪婪的双手,伸向这个美丽的小渔村,野蛮的侵袭,破坏了往日的宁静安好。一场又一场的劫难,先民们生活在水深火热之中。房子一次次遭受破坏,重新修理,又被弄坏……到最后,他们实在无力再重建新房子。只好因地制宜捡了些碎砖石,砌成"出砖入石"的墙。为了让墙牢靠些,也为了让墙美观些，聪明的人们又想起了那堆蚵壳，那堆被冷落数载的蚵壳。他们搬来蚵壳，一枚一枚地嵌饰在墙外侧。一座座耐用的蚵壳厝，以最质朴的美，出现在渔村大地上，明媚了那些愁苦的脸庞。饱经患难的人们，终于又有了一个家，一个足以遮阳挡雨的家。千年砖，万年蚵。从最初无奈的选择，变成人们的最爱。蚵壳厝以不积雨水、冬暖夏凉、隔音效果好的特点，保护了一代又一代的人们，走过四百年的辉煌岁月。直到后来，被那象征着富裕生活的小洋楼所取代，它们才又一次退出为人们服务的舞台……

看着这些从沉寂到辉煌，又从辉煌回归沉寂的蚵壳，我不胜感慨。假若把蚵壳几百年的历史浓缩一下，其实就相当于人的一生。兴衰荣辱，聚散离合，它们都一一经历过。每一枚蚵壳，都是历史的见证。每一枚蚵壳本身，更是一段丰富的历史！

"你们穿这么少，会冷呀！要多穿几件。"就在我打量着尚存的蚵壳厝而百感交集时，耳边突然响起一个慈祥的声音。一看，原来是位蟳埔阿婆，约莫八十来岁。她坐在低矮的蚵壳厝门槛上，饱经风霜的脸庞沟壑纵横，每一道皱纹都像是刀刻似的，双眼灰蒙蒙的，有着老人年特有的浑浊。她的身上套着件看起来非常古旧的褐色羊毛衣，如果我没记错的话，那应该是二十世纪九十年代初流行的衣服。许是穿多了，显得有些臃肿。令人惊奇的是，阿婆头上扎着一条鲜艳的红头巾，脑后的"簪花围"也打扮得非常漂亮。十几朵仿真花点缀在她头上，如盛开在老树上的花儿，妖娆艳丽，成了蚵壳屋檐下最亮丽的风景。

善良的阿婆边说着，边用手比画自己的衣角，告诉我们她穿了多少件衣服，并提醒我们要像她那样，多穿一些才不会着凉。那话语，犹如在叮嘱自己家的孙女儿，让人听着心生温暖。就在阿婆举手比画时，我看到阿婆的毛衣上破了好几个地方。透过破洞，可见里面的衣服也一样的陈旧。只是，阿婆似乎对这些熟视无睹，她继续热心地告诉我们，要看热闹，得到马路上。阿婆那旧得有些寒碜的衣着，那鲜艳的"簪花围"，强烈地刺激

第四辑 流动的花海

着我的眼球。一旧一艳的鲜明对比,让我看到了阿婆的勤俭,也读到阿婆内心深处对美的执着追求。我想象着多年前,这件毛衣刚买来时穿在阿婆身上,配着那亮丽的"簪花围",那将是多么迷人。阿婆,爱美的阿婆,善良的阿婆,她一定和所有的老人一样恋旧,她舍不得自己那破旧的毛衣,舍不得这古老的蚵壳厝。

跟阿婆道别后,我们踩着来时的小巷缓缓离开。走到拐角处,我忍不住又回过头去,只见阿婆正举手在整理她的"簪花围",估计她是想让它们更漂亮些。那么美的花,装扮在素朴的阿婆身上,镶嵌在矮小破旧的蚵壳厝背景里,是生命的繁华,抑或是苍凉?我分不清。只觉得一股无法言说的心酸,一下子席卷了心底,视线被眼底腾起的雾气模糊了……

古老残缺的蚵壳厝,年迈善良的蟳埔阿婆,她们都曾为这片热土,无私地奉献出自己的青春与热血。而今,她们最需要的,是后人用心的呵护与照顾啊!

海之蝶

初见那座舞台,我以为是供人休憩的观景亭;木板铺就的地面,四根圆石柱又高又大,撑起有棱有角的石屋顶。脚下是一望无际的大海,身后是绵延古朴的崇武古城。人往上一站,视野开阔,心宽气畅。

仔细打量,始觉不像观景亭,因为一路走来,每个亭子大多小巧玲珑。正纳闷之际,有音乐响起,旋律粗犷而热烈,透过扬声器在古城上空缭绕,惠女们穿着色彩艳丽的丝绸彩裙，娉娉出场，一恍惚，我以为是天外来仙。这才明白，原来是个固定舞台，用来进行惠女民俗风情表演。

　　在扣人心弦的旋律中，惠女们身着美丽的传统服饰，戴着别具特色的头饰在舞台上回裙转袖，翩翩起舞。婀娜多姿的舞蹈语言，为我们展示蜚声海内外的奇异服饰。我目不转睛地盯着舞台，屏息凝神捕捉着每一个镜头，唯恐一眨眼，就会错失一份美好。此时，明媚的阳光恰好照入亭内，像极了灯光师调亮缤纷的舞台灯光；舞台外沿，最美海岸线上风平浪静，静谧得像面镜子，海水似乎被动听的音乐催眠了，被演员们优美的舞姿吸引着，阳光无声撒落在上面，望去满眼是碎金子般的光泽。透过亭柱眺望，这面波光粼粼的镜子，仿佛是被哪位大胆的艺术家裁剪来镶嵌在舞台上的幕布，幕布金光闪烁，唯美如诗如画。偶尔有一两条渔船从镜面滑过，划出一道雪白的波浪，为幕布添了几许动态之美。演员们是这画中的彩蝶，那些或蓝或红，或花或素的服饰，是她们轻灵的羽翅。她们尽情地舒展，回旋。一收一放，一转一挪，都在向我们讲述内心深处对这独特服饰的钟爱。蓦地想起以前曾听说过惠东人群是古百越民族的一个分支，闽南十八峒、蝴蝶峒的后裔。蝴蝶是其原始的族徽和崇拜对象，因而惠安女服饰在色彩上如蝴蝶般艳丽华贵，头饰也是蝴蝶造型。我无从考证传说之真假，只是此时此刻，我更愿意相信它不仅仅是传说；唯其如此，才能恰如其分体现出惠安人对美的追求与向往，印证惠安人对祖先崇拜的执着与坚守。

　　一个节目演完，另一个节目又继续着，从《闽越留芳》到《岁月穿行》，从《大海骄女》到《惠风雅韵》，以及最后的《喜迎嘉宾》。不一样的服饰色泽，演绎着不一样的美丽，阐释着不一样的内涵。透过这些节目，我读到自两千多年前传承至今的惠安文化之博大精深，我看到行走在海边的大海骄女之坚忍执着。她们，是舞在海边的蝶，绽在海边的花，美得令世人景仰！在国家级非物质文化遗产名录里，她们的名字——惠女服

饰,成为中华民族服饰中的一朵奇葩。当然,这份美并不仅仅限于外在的服饰,惠女的美是内外兼具的。吃苦耐劳、勤俭持家、无私奉献,千年积淀的传统美德,同样在她们身上绵延不断地传承着,演绎了一个又一个人间传奇。惠女水库凝聚着三万多名娘子军辛勤的血汗;大竹荒岛记录着惠安八女十五年的青春;还有大岞岛上忠贞不渝地守护海疆不让须眉的巾帼气势;而那为打鱼的男人们遮风挡雨的大岞避风港,则是惠安女伸出的温柔而坚韧的臂膀……

音乐依旧在耳边回响,我深深地、深深地凝望着舞台上那俏丽的身影,看到她们像蝴蝶一样飞遍惠安湛蓝的天宇下,蔚蓝的大海边,用她们勤劳的双手把自己的家园建设得如花园一样美丽;我闻到天地间,到处弥漫着惠女精神的芳香。

走近红树林

喜欢透过字眼来揣摩事物的形象。第一次见到"红树林"三个字,眼前便泛起一片红海,在蓝天湿地里如绸般涌动着,喜气而热闹。迫不及待地摊开报纸时,映入眼帘的却是无边的绿海,我的眼光搜索不到一抹红影。红树林是绿的!是我理解错了,抑或我看错了?我疑惑着找不到答案,决定择个悠闲的周末,走近红树林,一睹其真实面目。

车子行至古老的泉州洛阳桥畔,被告知已达目的地。下车,空气清新得像刚被水洗过似的,不带一丝一缕海边的咸腥味。退潮的江畔,湿漉漉的滩涂上，一大片一大片的深绿、鲜绿、浅绿汇成绿海，自眼前向远处蔓延着，让人怀疑是某个爱绿成痴的画家，把滩涂当图纸，将调好的绿颜料一桶一桶泼下去。这绿，来自红树林，它掀开名字面纱后的真实面目，告知我顾名思义的经验失效。我并不因此而沮丧，反而佩服起大自然的生花妙笔，在这潮湿黑灰的滩涂上，有这一大手笔的绿，滩涂便充满了生机活力。

雀跃于江畔，我好奇地打量着这一个个被安置在海陆交界处站岗的绿孩子；它们个子不高，却枝繁叶茂；就那样一株紧连着一株，相偎相依，织成一匹匹绿锦，一道道天然的屏障。同行研究生物的友人告诉我，红树林是一种稀有的木本胎生植物，种子在未着土之前就已经发芽了，因此一落地无须孕育就能生根长叶。它们是当今海岸湿地生态系统唯一的植物，对海浪和潮汐的冲击有着很强的适应能力，被人们赋予"海岸卫士"的美称。除了充当"保护神"的角色外，红树林还能过滤河川中的有毒物质，拦截少量河水，供养许多浮游生物，丰富淡水地区的渔产，是虾、蟹、鱼、鸟等野生动物的"乐园"。

本以为这养眼的绿，最多只不过起着美化环境的作用罢了，未曾想还有如此大的用途。我聆听着，惊讶的目光继续在这片绿海里流连。

只见近处的淤泥中，屹立着一株株楚楚可怜的小幼苗。细细的茎，嫩嫩的叶，如一个个瘦弱的小姑娘怯怯地立于风中，与枝繁叶茂的成年红树林比起来未免显得单薄羸弱些。可星星之火可以燎原，只要不遭受到破坏，相信过不了多久，它们同样会成为一丛丛、一片片的绿海，涌动在退潮后的滩涂上，执行着大自然赋予的伟大而光荣的使命。

远一点的地方，有一群可爱的野鸭在嬉戏玩耍，它们有的在空出的滩涂上作画，有的躲到林里玩起捉迷藏。更远的绿海里，有一群白鹭悠闲地歇翅林间，如一朵朵绣在绿毯上的小白花。这一切，构成一幅诗意而浪漫的画面，让人入迷。

　　走近红树林,虽然找不到我想象中的那抹红,却深深地陶醉在这片不平凡的绿里!

赏荷东湖

　　月姐说,桔子,东湖公园的荷花开了,找个时间来看荷吧!一听说荷花开了,我似乎闻到淡淡的荷香扑鼻而来。

　　择个阳光明媚的周末,我迫不及待地与荷花约会去。

　　步入公园,目的十分明确,我直奔荷塘。急匆匆的步履,仿佛要见的不是荷花,而是去会见魂牵梦绕的爱人。是的,我很迫切地想一睹荷塘新生后的芳容。记得去岁末,初见荷塘,偌大的池塘里唯有一池浑浊的瘦水,满池荷的残枝败叶,满眼是"留得残荷听雨声"的萧瑟。经历了冬的考验,春的酝酿,我知道出现在眼前的,定是另一番景象。

　　刚挨到荷塘边上,满池的绿意便迎面扑来,我被震慑住了。这是怎样一片绿呀!大荷叶,中荷叶,小荷叶,叶叶相连,片片相叠;密密麻麻地织成一块不留缝隙的绿毯。墨绿、碧绿、嫩绿……各种绿堆积成海,微风轻轻拂过,绿海便泛起细细的微波,"哗啦哗啦"在你眼前翻滚着,似一群清纯的绿衣少女在脆生生地笑着。绿浪,霸气地占据了我心的整个空间,心房再也容不下一丝半缕的凡俗杂念。原来,绿叶也可这般掏空人的心魂呀!

　　望着那片绿,我不禁痴了呆了。好一阵子,才想起要去寻找荷花的倩影。终究是来得早了点,池中的荷花屈指可数,但这影响不了我愉悦的心情。拿着新买的数码相机,我开始捕捉那一抹抹娇美的花魂儿。调焦,调焦,再调焦。哦,找到了,找到了。那个小花苞儿,站在远处,正偷偷地冒着尖尖的头。远远望去,如青葱岁月里的少女,好奇地扬起小脑袋,饱满的脸蛋儿,胀鼓鼓的,令我忍不住滋生出亲吻一下的冲动。再看池塘正中央的那朵,实在等不及了,在阳光下灿烂地绽放。那姿态,全然是位成熟妩媚的少妇,毫无矫揉造作之势,落落大方地展示着她的美,把满池的风头都抢尽了。我欣赏着,一抹笑意忍不住就浮上唇边。而靠近前边池岸上的那朵,花托弯着,花瓣都朝向我们这边。看那色泽,应该是灿烂绽放过了,虽有点美人迟暮,却风韵犹存……

我兴奋地举着相机,在绿浪中,一朵花儿,一朵花儿地寻找。忽然,月姐惊呼:你看,那两朵荷花那么大,都快成牡丹了。一看,呵,果真如此!几十瓣的花瓣,挤成盆口大的一朵花,让我禁不住联想到观音的莲花宝座。紫红的花瓣,粉黄的花蕊,淡绿的花篷,如宴会上盛装的贵妇人,雍容,优雅。一片伞面大的荷叶,撑成绿伞护在她头顶上,有点自私地把她的美揽于怀里。那花似乎也乐意于这样的呵护,亲昵地偎着荷叶的茎,在距离水面最近的地方,静默地绽放。似乎这片荷叶是她的整个世界,她所有的美,只愿为这片为她遮风挡雨的荷而生。若不是细心的人,是无法发现它的。看来,生活中,一些美好的东西,往往藏在深处,需要你具备一双挖掘美的慧眼。

一花一世界。陶醉在绿浪红荷的世界里,我流连再流连,迟迟不肯离去。

我见桃花多妩媚

今年似乎与桃花特别有缘，早早就遇见了。

最初的惊鸿一瞥，是在大年初二回娘家的路上，隐隐地，看到路旁偶尔闪过的桃枝上，有三三两两的花朵灿笑风中。一开始怀疑自己看错了，使劲地瞪大眼睛搜索，确认是桃花无误。心下里不禁沾沾自喜，为自己在新年的第二天，就窥见了花事，聆听到春的脚步声。甚至觉得遇见桃花那刻，寒冬所带来的冷意与颓废悉数被驱散，春的气息悄然注入我体内，让我添了桃花之妩媚。

过完假，上班路边，马路边的人家也在屋旁种有桃树。远远看去，夹在树与房之间，像是着粉裙的青春少女，好奇中夹着羞涩。待走近，却发现枝杆上早已缀满花苞，一朵朵如鼓着腮帮的婴孩，饱满而可爱。隔一夜再看时，满树花苞竟迫不及待地咧开了粉嫩的小嘴儿，在那里柔柔地笑着，笑得我心旌摇曳。却又觉隔大老远才一株半株地看着，零零落落的，犹如隔靴搔痒，终是不痛快。非得几十株几百株地看，感受一回花事烂漫，方好。

恰逢友人邀我去北溪看桃花，心下不禁雀跃欢呼，一口应承了下来。北溪的桃花，之前曾从友人的相册和文字观赏过，山上山下一大片的，就像覆着百里胭脂云，美得无法形容。因此，一到桃花盛开的季节，它们自然而然地成了我心中那抹挥之不去的牵念。

出行那天,是个好天气,清朗的风,晴朗的日,清淡的云朵,把我的心情烘托得清清明明的;欣欣然前往,仿若是去赴一场前世之约,去会那冥思苦想的心上人。人未到,心早已飘到了那粉妆玉砌的世界里。

车刚过山门,我焦灼的目光便迫不及待地透过车玻璃窗,向远远的山脚下张望复张望。忽地,几抹粉红色的微云隐隐约约撞入我眼眸,如诗如画,如梦似幻,令我止不住怦然心动。一份痴想瞬间涌起,这般娇嫩的色泽,若采摘下来织成轻纱,即使披在普通女子的身上,也将倾城倾国。

渐行渐近,适才瞥见的那些朦胧,都清晰地呈现在眼前。桃花,一株株艳艳地开着,全都在路的上方;路下方,但见一片正在开垦的土地,裸露的地方好似汉子敞开的胸膛,格外显眼。犹记得在友人相片里看到的,这里应是一大片桃花才对。一问,果然没错,下方的桃花刚挖掉不久,说是要重新规划。我看着,竟没缘由地觉得有几分可惜。开得这般浓艳的桃花,若是从山脚至山顶铺展开来,该是何等的绚丽夺目!

迫不及待地下车,掏相机。为了此次出行,我特地准备了两副电池,欲将这人间佳境好好地收藏。按下快门那一刻,才发现匆忙之中,我竟忘了带相机的内存卡。也就是说,这相机,最多只能存四张清晰的相片。拿着相机,看着眼前满树的繁花似一只只脉脉含情的眼,那般深情地看着我。而我却不能将她们的美带回家,心里的遗憾自是无法用言语去形容。怔怔地对着她们看了好一会儿,总觉得自己辜负了这一山的春色。也罢也罢,反正带回去的只是她们的影子而已。让我用眼为摄像头,用心当存储器,去感知、收藏它们吧!况且相片存储在电脑里,说不定哪天也会遗失;但只要是收藏在心里,将永远不褪色不模糊。

步入花丛里,我与一树一树的繁花凝望、握手。在我眼里,她们都是群有灵性的女子。开着一树白花的桃树似大家闺秀,简静安分;粉色花朵的似那被宠溺着的小女儿,娇媚可人;开着大红色花朵的似那掌家的大女儿,艳冶热情。而我,则是世间那最俗不可耐的女子。她们是知道我的俗气的,

却也不嫌弃。只管扬着明媚的笑脸,用小鸟清啼般的声调,跟我打着招呼,把我当她们的知己。当带着暖意的春风从她们身上拂过,我听到她们在轻声叮咛:风大哥,轻点轻点,别乱了我们的粉妆。明媚的太阳也被她们吸引了,毫不吝啬地往她们身上撒落大把大把的金粉,她们咯咯轻笑着向太阳致谢。恍惚间,我似乎也沾染上了红花的热情,粉花的娇媚,白花的简静,由一个俗世女子变成一株美丽的桃树,脚伸松软的泥土里,身上覆着暖洋洋的阳光金粉,嘴里呼出淡淡的桃花气息。我听到我的心在呐喊:我不走了,我不走了!我想在这桃花丛中站着,把自己也站成一株桃花……

花不醉人人自醉。在这世上,能醉人的,并非仅仅是酒;我深深地陶醉在了桃花丛中。睁着蒙眬的醉眼,我仿佛看到北溪的桃花,看到春天里的每一朵桃花,都在妩媚地笑着;笑得春意浓浓,江山成画。遂想起辛弃疾那句诗"我见青山多妩媚,料青山、见我应如是"。此刻,我眼里的桃花是如此的妩媚,想必桃花见我也如此吧!忽地又觉得眼前的世界,便是陶翁笔下的桃花源,熙攘的游人皆隐去,喧嚣不复存在,唯有美,唯有静谧在流淌。而我淡了世事,忘了怨嗔,心似纤尘不染的明镜,清晰地映照着的,都是那一朵朵妩媚俏丽的桃花。

农家庄园之旅

自从离开故乡后,我便渐疏农事。只是骨子里流淌的农民血液,让我不时有亲近泥土的冲动。去岁冬,有幸夜宿天柱山,生命中便有了趟难忘的农家庄园之旅。

　　到达山顶已是黄昏，蒙蒙细雨纷纷扬扬，整座山沉浸在茫茫的雾霭中。晚餐是地地道道的农家野味：透着乡野气息的芋头，原汁原味的猪肉，青葱嫩绿的农家菜……味美物鲜的食物引得大家边吃边赞不绝口，让我不禁想起一句流行话：现代人越吃越土。究其原因，我想除了这些纯天然食物不受化学药品污染，有利于饮食安全之外；更多地还源自于人们心底里的怀旧情愫吧。

　　饭毕，组织者带我们去农家庄园参观。走出暖融融的餐厅，山风夹着细雾迎面扑来，像无数双冷冰冰的小手。轻轻一呼，一股轻烟便从口中逃出。就着朦胧的灯光，我们依然兴致勃勃地走过樱花林荫道，眼前出现一座长亭子——农家庄园。亭里有序地摆放着些早已退伍的农具：用来筛稻谷的古老"风谷车"，舂米的石槽，碾米的石磨，还有几件老旧的蓑衣等。看着这些曾经熟悉无比、却已退出生活舞台的物品，我仿佛回到少时，回到那遥远而僻静的小山村……

　　在我能帮忙做事那年，家里新买了架漆桐油的风谷车。在这之前，我家的稻谷全是母亲用簸箕，很费力地一簸一簸地筛好。有了这架风谷车后，母亲就不用那么辛苦了。每次母亲筛稻谷时，我就坐在装满稻谷的风谷槽旁，小手费力地插入谷堆里，掏出那些堵住风谷眼的稻草。而母亲则站在风谷车前，紧紧握住风谷页把手，有节奏地摇起来。风谷车"呼呼"地响着，瘪谷子在风力的作用下飞了出去，饱满的谷子黄澄澄的，沙沙地流到谷筐里，像一堆灿烂的金子，闪着迷人的光芒。母亲偶尔会停下来，把快要溢出筐的谷子爱惜地拨回……事隔十几年后的今天，据说这风谷车也落伍了，另有一款新型脱谷机，在脱谷的过程中，可直接完成筛谷子的工序。

　　朋友们都聚到石磨旁，迫不及待地体验着磨豆的乐趣。只见他们走过去紧握石磨把手，你三下，我五下地磨起来。石磨随即吱吱呀呀地唱起

老歌，也唱出我记忆中那段曾经依靠石磨磨米浆过节的旧时光。农村里的节日似乎特别多，而一过节就离不开蒸糕、炸果之类。每次过节，就得事先把米或糯米泡在水里，等米粒吸足水分后，再一点一点地舀到石磨眼里，慢慢磨成米浆。看似简单的活，操作起来却一点儿也不省事。磨米浆得两个人合作才相对快些：一个转磨，一个舀米。掌勺舀米的人只有懂得把握米和水的比例，转磨的人才会转得轻松些。假若米放多了，石磨转几圈便会像被万能胶粘住似的，任你费尽全身的力气也转不起来；假若水放多了，磨出来的米浆不细腻，有粗粗的米渣。那时所有的力气都白费了，这样的米浆是蒸不成糕，做不成炸果的。而且用石磨磨米浆又特耗时，一磨就得大半天，往往累得腰酸背痛。不像现在有专门的碾米机器，十来分钟就能轻而易举地解决问题。科学技术的发展，省去了多少人力物力呀！

在我寻思中，牛奶般洁白的豆浆，沿着转动的石盘断断续续地流着。而我那群整日蜗居在城市里、喝豆浆机磨成的豆奶的朋友们，在体验到石磨磨豆浆的不易之后，早已累得气喘吁吁，脸红耳赤……

离开农家庄园时，我不禁又回头看看静默在时光里的"老朋友"。科学技术的飞速发展，让人们研制出更多更先进的机器来接班；而它们在完成自己的使命之后，逐渐地淡出了人们的视线，沉淀为人们记忆中记录往事的符号。这是事物发展的自然规律，整个人类社会便是在这样的发展中，逐渐进步，慢慢强大起来的。

快乐石狮行

　　又有一篇小征文意外获得三等奖,之所以说意外,是每次参加征文比赛时,总觉得自己稚嫩的文字在众多名家中脱颖而出的可能性太小了;只是因为喜欢写,就抱着练笔的态度去参与。因而,每一次获奖,于我而言,都是一种意外的收获,那意想不到的快乐也就特别纯粹可感。

　　这次征文颁奖仪式在石狮举行。且是下午三点多才统一乘车从泉州市区出发。知道时间安排表后,我便开始为行程发起愁了。从南安到泉州市区还得四十多分钟的路程,去时是不成问题,回来就麻烦了。开完会用完晚餐后,最快也得到晚上八点,回到泉州就得九点左右;那时已经没有回南安的班车了。不想投宿泉州的话,唯一的办法就只得打的回家。我一遍遍想象着自己晕头转向地站在泉州车来车往的路口,一个人孤零零地等车的情景,就止不住感到一阵阵地心慌;更担心打不到的士,或者遇到一个无德的的士司机;心里忍不住想,要是有朋友能陪我在路口等车,看我安全地上车,也许我就不会那么害怕了。可是,我不知道参加这次活动的人有谁,不知道会不会遇到认识的;真有认识的人,不是很熟悉的朋友,我也不敢叫他们陪我等车呀!早已习惯了每次出门都有人陪在身边,也因此造成了温室花朵的效应,让我养成这种百无一用的小媳妇脾性,对一个人的远行充满了恐惧感。美丽的不夜城,在我复杂的想象中变成了一座冷冰冰、不带一丝温情的城市。

下午两点，告别家人，手忙脚乱地出门，喜忧参半地踏上了行程，心里又莫名地感到一阵无助，我讨厌自己心底的这份懦弱，可却无法改变它。

一到泉州晚报社，一眼就看到高耸的大楼前停着辆大巴，里面坐了不少人。估计那就是赶往石狮的车，迫不及待地踏上一看，马上乐了起来：车上有我去参加省文学高研班的同学，还有三个跟我同地区的文友。虽然他们与我不同路，但需要时，他们肯定是会帮忙的。心里悬着的那块石头落地了，踏实了，人也一下子放松了下来。

四点半，我们到达石狮万祥图书馆，因为时间关系，来不及打量周围的环境，便被组织者催着走进颁奖大厅。除了前面几排空着，其他的位置上已是坐满观众。只好走到前面去，幸好最近参加活动的场面次数相对多了些，不再像以前那样怯场。只是当晚报主编介绍此次活动收到全国各地的古体诗、现代诗及散文共有四千多篇参赛文章时，想着自己那篇一时心血来潮写成的小文字，竟能这么幸运地跻身于获奖者行列，欣喜之余又不免有几分诚惶诚恐。记得刚上车时，一个文友说，今天我们能获奖，拼的是实力，所以我们不必谦虚。我知道我自己不是谦虚，而是一种没底气的心虚，且从不掩饰自己的这份心虚。在文学面前，我知道自己永远是个孩子，一个蹒跚着学走路的孩子，一个迫切需要进步的孩子。

会后，大巴车又送我们到一家豪华的酒店里用餐。边用餐，边欣赏大家吟诗作对庆祝重阳。有九十岁的老诗人当场献诗；有青春靓丽的女主持人跳舞助兴；也有主办方的主要负责人大展歌喉……还不时能聆听同桌的知名作家们谈写作聊感想。在这场隆重的文学盛宴中，大饱眼福口福耳福心福，真是受益匪浅。

时间在杯盏交错中不知不觉流走了，再热闹的聚会也终有散场的时候，八点左右，大巴车载着我们匆匆地离开这座我连打量都来不及打量的城市，送我们回泉州。临离开前，细心的吴编还特意问我回家方不方便，让我心里一下子暖融融的。本以为还赶得上最晚的那辆班车，结果却迟了十分钟。恰遇同行的风尘老乡要打的去清蒙，特意绕道送我到容易打到的士的路口，让我心里感动极了。一下车，马上就来了一辆回南安的的士。问了个价格，坐上车。发现一个人出远门，并没有我想象中那样的孤苦无依、险象丛生。不管怎样，都相信这个世界上，好人多。

一到南安，先生和儿子骑摩托车到约定的路口接我。想着之前曾在电话里对先生说，如果我打不到车回家，就要他骑摩托车到泉州载我；把先生吓得在电话里直呼怎么可能怎么可能，那么远的路，你打的回来吧，不管多少钱……我不禁发自内心笑了起来，觉得自己像打了一场胜仗似的，走过去开心地抱住儿子说：儿子，老妈完好无损地回来了……

有了这趟快乐的石狮之行，以后再一个人出远门，我都会把它当成是一次旅游，而不再庸人自扰了。

陌上花开

我喜欢花开，喜欢它们绽放时柔美娇媚的模样。哪怕是一朵小得不能再小的野花静绽路旁，都足以牵住我爱怜的目光，激起我心底最柔软的涟漪。每一朵花，在我眼里都是造物主最娇惯的儿女。我相信，上苍创造它们，一定凝聚了千万载之功。要不然，怎能让每个见着它们的人，都心生欢喜呢？

家与单位，是段七公里的路程。每天，我都得沿这段路跑上四个来回。路是曾经平坦的水泥路，算起来该十来岁了。我不知道最长的路可以活

几岁,但这条于人类年龄而言正少年的路,却像是苟延残喘风烛残年的老人。斑驳的路面布满坑坑洼洼,大的地方足以吃住整个摩托车的轮子,更多的则是补了又补,却依然坏了又坏。那些坑洼,都是过往车辆留在它身上的伤疤,让人一触目即惊心。车行驶到伤痕累累的路段,便烦躁不安地蹦来跳去,这是一种不忍心碾下去,却又不得不碾下去的烦躁。车上的人更是被震得心神不定。这路,老是让我想起坎坎坷坷的人生路,它引着你磕磕碰碰地往前走,想逃却找不到逃的理由,只好硬着头皮继续往前走。

只是,再不美好的事物,也会有它的闪光点。就像这条牵引着我从市区向郊区的路,两旁有美丽的绿化带,上面住着的,就是造物主娇惯的儿女们;没绿化带的地方,也依然有着它们的可爱身影。赏心悦目的花草所带来的美好,多少弥补了坎坷路面所造成的残缺,缓解了我内心深处的不适感。特别是一到夏天,攒足一年劲头的夏花,以燃烧的姿态不管不顾地怒放着,一路上便有了绚丽的美。

就像平日里读人,我喜读他们的优点而忽略其缺点一样,每天在上面行走时,我会让目光带着我的心,避开写满沧桑的路面,去追寻花的倩影。一出门,有齐整的九里香入眼,绿叶丛中小白花朵朵,月牙儿似的秀气花瓣泛着玉质光泽。素馨美好的模样,如小女儿般乖巧,令我心里滋生了软软的疼惜,甚至恨不得用目光织成柔情的网,永远地罩住它们,保护它们,让它们就这样一辈子住在自己的眼里。若是在早春,还有橘红色的炮仗花,热烈地绽放。那一串串鞭炮样的花朵,热热闹闹,挤挤挨挨地排着队儿,等着给人办喜事儿似的,叫人看了都染上了喜意。而在那处无人打理的荒地里,杂草灌木丛中,却长出几丛牵牛花。柔软的牵牛花藤条,似乎为装扮这块荒地而生的,它们依着杂草灌木行走,走一步牵一朵花,一脸缠缠绵绵的娇嗔。牵牛花,未曾牵出一头牛来,硬是把这块荒得怎么也不入眼的地,牵成了一道亮丽的风景。无论是阳光下的灿笑,抑或是雨天里的含泪,楚楚的表情总能柔柔地触及我心底。目光每每在那里流连,莫名的感动就在心里泛滥。它让我明白,很多时候,我们的能力不足以去改变身边那些不美好的事物,却可以让自己去发现、选择美好的,来滋润丰盈坎坷的人生路。

路中段,内沿有一堵高大的石头墙,墙角下零星地住着十来株黄花槐。它们大多两米来高,蓬松的绿叶,细密的黄花,拥挤在一起,把树顶挤成圆球状。黄澄澄的花多得让人咋舌,让你只需瞧一眼,便能了解何为花事烂漫,那"千朵万朵压枝低"的古诗意境,也在瞬间涌上心头。有了它们,这条布满坑洼的路,便在脚下云淡风轻起来。

爬过一段坡,就是真真正正的郊区。路边有高山,有新建的厂房,还有古老的房子。我喜欢老房子身上所散发出的怀旧味,它会唤起我对老家的回忆,唤出蛰伏于我心底那些无忧无虑的童年时光。老屋的墙头门边,偶尔会有三角梅探出,或寥寥几枝,或艳艳的一大丛,有淡紫的,有火红的。每次瞥见娇俏的身影在那里张扬时,像是那耐不住寂寞的女子,在跟我打着招呼!多情的梅,让老屋生动活泼起来。而走在不平坦路上的我,眼里自是多了一幅美妙的生活写意图。

临近单位的路段是穿村居而过。农村的绿化,纯粹是土生土长的野花野草。一丛丛翠绿的狗尾草撑着弧形的穗,摇曳成风中的一首诗;桂针草擎着的花儿白瓣黄蕊,给人以素净安好的感觉,中间夹杂着一丛丛橘色野堇。白、橙、绿三色搭配在一起,构成一幅着笔鲜艳的油画。那座馒头样的矮山坡上,是芦苇的天地。紫灰色的芦苇花总在我眼前轻轻地诉说着往事。曾经与好友徜徉山间,流连于芦苇旁的美好时光,不经意间一次又一次地温暖着我的记忆。那时的情怀,那样的机会,也许此生难以再拥有。只是,曾经拥有过,就永远也不会遗忘……

陌上花开。开着的花,细想来也不过是寻常的花罢了。只是开在沧桑的路面时,这花在我眼里自是不再寻常。是它们,让我走在如此坎坷的

路上却不觉得累,让我有着别样的好。这一路上的花,像极了生活中那一份份温馨的情感。因为有这样那样的爱与美好,浸润着我们的人生岁月,在寒冷时给我们温暖,在失落时给我们失望,我们才有足够的勇气,在莫测无常的人生路上,面带微笑地迈开步子,往前走。